AF533774

UN AMOUR D'ARSÈNE LUPIN

Dans la même série

Le Retour d'Arsène Lupin

Le Noël d'Arsène Lupin

www.lemasque.fr

UN AMOUR D'ARSÈNE LUPIN

Frédéric Lenormand

Éditions du Masque
17, rue Jacob 75006 Paris

Maquette et illustration de couverture : Raphaëlle Faguer.

ISBN : 978-2-7024-4968-4

Spécialiste du XVIIIe siècle et de la Révolution, **Frédéric Lenormand** a publié chez Lattès ainsi qu'au Masque poche les neuf premiers volumes de sa célèbre série sur les aventures de Voltaire. Il est aussi l'auteur des *Nouvelles Enquêtes du juge Ti*, traduit en plusieurs langues.

À mes chers amis et collègues Michèle Barrière
et Jean d'Aillon, toujours d'excellent conseil.

1

Liquidités volatiles

En cette belle journée de l'année 1905, Stanislas Moussy-Garcin, directeur de l'agence parisienne du Crédit commercial du Sud-Ouest et des Pyrénées réunis, se dirigeait vers la place de la Concorde, confortablement installé sur les coussins de cuir de sa Panhard et Levassor flambant neuve. Son chauffeur le déposa devant l'hôtel de Crillon, dont un chasseur en livrée bleue à boutons dorés lui ouvrit cérémonieusement la porte.

Les salons du premier, donnant sur la terrasse, abritaient la réunion mensuelle du club privé le plus sélect de France, un cadre parfait pour rencontrer la fine fleur de la finance et de l'industrie, que le banquier désirait orienter vers son agence sur la promesse d'un traitement de faveur et d'investissements juteux. Quand un client était harponné, il tirait de sa poche le petit carnet en moleskine dans lequel il notait ses rendez-vous.

— Ah ! Le mardi, je ne peux pas ! C'est le jour des têtes couronnées ! Le prince de Galles ou le sultan de Malaka ne peuvent décemment pas s'exposer à rencontrer chez moi un marquis ou un simple millionnaire qui ne serait pas de leur monde, vous comprenez...

Il apparut que le mercredi était réservé aux fortunes à huit chiffres, le jeudi à la noblesse et le vendredi aux hauts fonctionnaires. De la clientèle du samedi, mieux valait ne rien dire – qui pouvait accepter de faire ses affaires en plein week-end, au lieu de regarder ses chevaux courir à Deauville ? Des gens qui n'avaient pas de haras ? Des employés ?

Ses interlocuteurs pouffèrent dans leur cigare. L'appât du gain et le snobisme formaient un cocktail irrésistible. Ces messieurs s'accordèrent donc sur un jeudi, qui mènerait peut-être un jour à un mercredi, et, de là, qui sait, à un mardi ?

Au bout de quatre heures de bons mots et de gros chiffres, Stanislas Moussy-Garcin quitta le club, monta dans sa voiture et fit un saut à son agence de l'avenue Kléber, dont il ressortit avec une brassée de bordereaux à en-tête. Il s'assit cette fois à côté de son chauffeur, qui s'étonna de le voir emporter des imprimés vierges sans valeur.

— Monsieur avait donc besoin de marque-pages pour ses lectures ?

— Ça, mon petit Bertin, c'est très précieux ! répondit le banquier. Ça n'a l'air de rien, mais ça vaut davantage que des titres au porteur !

Le mercredi suivant, Théophraste Vroms, qui avait tout du gros client des banques d'affaires, se présenta à l'agence, une serviette en cuir sous le bras.

Les locaux étaient magnifiques, tout en lambris sombres éclairés par des lustres de cristal. Clients et employés des deux sexes lui parurent bien un peu vulgaires à les observer de près, mais la prestance, la bonhomie et l'assurance du directeur effacèrent immédiatement cette impression quand il introduisit le visiteur dans son bureau aux dimensions d'un hall de gare. Tandis qu'on l'annonçait, Théophraste Vroms avait eu le temps de remarquer une jeune caissière blonde et bouclée, très à son goût, qui lui avait souri deux fois par-dessus les liasses de bons au porteur qu'elle entourait de rubans verts.

Vroms était un gros bijoutier belge venu investir à Paris. Il loua un coffre pour y déposer une grosse somme en bons du Trésor, et rendez-vous fut pris au lendemain pour d'autres achats de valeurs.

Après l'avoir raccompagné jusqu'à la double porte vitrée qui donnait sur l'avenue, le directeur remarqua sur le sol une petite boîte d'allumettes au nom d'un restaurant de Fontenay-aux-Roses que son client avait dû faire tomber. Il la ramassa, la mit dans sa poche et n'y pensa plus.

Lorsqu'il sortit à nouveau de son bureau pour accueillir l'investisseur suivant, Stanislas Moussy-Garcin vit que le bijoutier belge était toujours devant l'agence. Il discutait avec l'une des employées, dont le décolleté semblait peu compatible avec l'exercice de la banque ou de quelque métier honnête. C'était Jacinthe, sa guichetière la plus souriante et la plus accessible. Un peu trop accessible, même. Il fronça le sourcil car il n'appréciait guère ce manège pendant les heures ouvrées.

Il décida néanmoins de garder son opinion pour lui. Flirter avec la clientèle n'était pas digne d'un établissement comme le sien, mais rien n'était parfait en ce monde, et toutes les bonnes volontés étaient bienvenues pour éteindre la méfiance de clients soupçonneux.

Quand Théophraste Vroms se présenta, le lendemain, pour terminer son opération bancaire, il crut s'être trompé d'adresse, car il se tenait devant une agence en cours de démolition, dont les planchers étaient attaqués à la pioche par des ouvriers, tandis que des grues et des machines en fer approchaient pour abattre les murs.

— Mais qu'est-ce que vous faites donc ! Arrêtez ! Mon argent est dans ces coffres !

On lui répondit que cette succursale était désaffectée depuis la banqueroute de la société des sables pétrolifères du Languedoc. Elle avait fermé huit jours plus tôt.

Théophraste Vroms se demanda s'il était fou ou s'il s'était trompé d'avenue. Mais les bordereaux qu'il avait en main indiquaient bien le 378 bis de l'avenue Kléber. Il fit le tour du pâté de maison sans en croire ses yeux. Dans une ruelle, il tomba sur une vieille affiche arrachée d'un mur, qui traînait par terre, et où l'on pouvait lire : « Fermé par jugement du tribunal de commerce de Paris ».

Trois cognacs plus tard, il comprit que cette agence n'avait été qu'un théâtre d'ombres monté pour lui. Il n'avait plus le choix qu'entre deux attitudes aussi décourageantes l'une que l'autre :

aller se faire traiter d'imbécile dans les locaux de la police ou passer la mésaventure par pertes et profits.

L'après-midi de ce même jour, assis à son bureau, l'inspecteur Ganimard se demandait quel dieu cruel l'avait rendu comptable de toute la naïveté du monde. Face à lui étaient assis deux messieurs chez qui l'élégance n'avait d'égale que la stupidité. Un aigrefin avait eu la lumineuse idée, pour piéger ces deux cervelles d'oiseau, de louer les locaux d'une agence bancaire tout juste désaffectée. Des figurants avaient mimé les gestes du personnel. Tout au long de la journée, la petite troupe avait joué une comédie pour les trois dupes auxquelles le directeur avait donné rendez-vous. Le titulaire du bail portait un nom ronflant créé pour l'occasion. Seules deux des victimes avaient porté plainte. La honte et la confusion empêchaient encore la troisième de se faire connaître, mais le malheureux inspecteur ne doutait pas de la voir surgir chez lui avant la fin de la semaine. L'humeur du policier hésitait entre l'agacement et la jubilation.

— Confier son argent à un M. Stanislas Moussy-Garcin ! Qui peut croire qu'un nom si ridicule n'est pas une invention ?

— Je me fie à vous, inspecteur, dit le plaignant, qui avait sous les yeux une plaque oblongue où l'on pouvait lire en lettres gravées le glorieux patronyme de Justin Ganimard.

— Tout de même ! s'obstina ce dernier. « Stanislas Moussy-Garcin » ! Ça sent à plein nez la caricature de gros bourgeois qui s'en met plein la panse ! Bon, je vais prendre vos dépositions. Noms et qualités, s'il vous plaît, messieurs.

— Aristide Biguet-Guillard, agent de change.

— Hector Perrin-Maisonneuve, courtier en bourse.

Ganimard écrivit avec lenteur cette interminable suite de consonnes et de voyelles dont les plaignants avaient besoin pour s'identifier.

— Messieurs, c'est votre jour de chance ! déclara le fin psychologue du quai des Orfèvres.

— Comment donc ! Vous avez retrouvé notre bien ?

— Oh non ! Vos biens sont perdus, vous ne les reverrez jamais.

On s'étonna, on s'insurgea, M. l'inspecteur faisait de l'esprit mal à propos.

— Vous avez été floués, mais il y a une compensation : vous entrez dans l'histoire du crime !

— Pour avoir été volés ?

— Pour avoir figuré dans la lutte entre le premier policier de France et l'ennemi public numéro un ! Vous avez été blousés par Arsène Lupin ! Ce coup porte aussi nettement sa signature que s'il l'avait gravée sur la façade ! Vous serez convoqués comme témoins dès son arrestation !

Ils comprirent qu'ils avaient devant eux « le premier policier de France ». Un de ses subordonnés en uniforme apporta une boîte trouvée dans l'un des coffres de l'agence. Les deux blousés reprirent espoir : peut-être avait-on récupéré une partie de leurs avoirs ? L'écrin contenait une carte de visite où l'on pouvait lire : « Avec les compliments d'Arsène Lupin ».

— Que vous disais-je ! déclara le génie de l'investigation avec la joie du chasseur devant une clairière grouillante de petits lapins gris.

Les deux escroqués eurent plus de mal à s'enthousiasmer. Le devin à moustaches prit leurs dépositions.

— Où avez-vous rencontré Lupin ?

— Au club Concordia, dit M. Biguet-Guillard. C'est là que se réunit la fine fleur de l'élite.

— Connais pas.

— Bien sûr.

— Pourtant j'appartiens moi-même à l'élite de la police française. Ce n'est pas assez pour la fine fleur, je suppose.

— Le club s'adresse surtout aux milieux d'affaires et aux membres de la haute fonction publique, précisa M. Perrin-Maisonneuve.

— Alors, là, tout s'explique : je suis trop occupé pour aller me vautrer dans des fauteuils en cuir, j'ai des escrocs à attraper, parfois même dans des clubs.

Il compulsa ses notes.

— Et votre Moussy-Garcin avait réussi à se faire admettre ?

— Oh, tout de suite !

— Vous devriez confier le recrutement à nos services, ça vous éviterait les mauvaises surprises.

« Les bonnes aussi », pensa M. Biguet-Guillard.

Lupin, lui, connaissait bien le club Concordia, il avait trouvé tout à fait naturel de s'y faire admettre, même sous un nom d'emprunt.

— Il y a une cotisation, à votre club ?

— Elle est de deux mille francs par an.

— Fichtre ! dit Ganimard, qui venait d'entendre le montant de son salaire.

Vu ce que leur avait pris Lupin, on pouvait dire qu'il s'était remboursé au centuple.

Un autre policier vint chercher Ganimard pour lui parler en privé. Les costumes qui avaient servi à faire ce coup avaient été retrouvés. Ils étaient conservés à Ménilmontant, au domicile d'une certaine Jacinthe Bourdoni, officiellement chiffonnière, plus probablement prostituée occasionnelle, et très certainement complice d'Arsène Lupin.

— Très bien ! Vous me l'agrafez et vous me l'amenez !

— Oh, mais nous la tenons, inspecteur.

— Parfait. Où l'avez-vous mise ?

— À la morgue.

Après avoir investi sa maisonnette, ils l'avaient découverte dans sa chambre, étranglée avec une cravate.

— Qu'avait-elle sur elle ?

— La cravate.

Ganimard serra les poings. Son adversaire avait franchi un nouveau seuil dans l'abjection. C'était inévitable, il l'avait bien prévu. Aucune crapule ne pouvait plus s'arrêter après avoir posé le pied sur la pente glissante du crime !

— Cette fois, il a tué ! J'étais sûr que ça viendrait ! Ce sont des jours comme celui-ci qui montrent l'absolue nécessité de notre profession !

— Oui, inspecteur. Euh… pourquoi ?

— Parce que nous sommes le seul rempart entre ces criminels et la société qu'il nous revient de protéger.

Le gardien de la paix estima *in petto* que ce rempart aurait été encore meilleur s'ils avaient arrêté Lupin *avant* qu'il ne commence à tuer.

Ganimard était maintenant certain d'obtenir les moyens qu'il réclamait depuis trois ans pour mettre un terme aux exactions du bandit. Ce crime était une excellente nouvelle. En se faisant étrangler, cette pauvre fille avait rendu un fier service à la police. Pour un peu, il lui aurait fait épingler la Légion d'honneur sur sa cravate.

2

Une folle journée d'Arsène Lupin

Le lendemain matin, Arsène Lupin se leva de mauvaise humeur après avoir passé une mauvaise nuit. Il quitta le premier étage de son hôtel particulier pour faire honneur au petit-déjeuner que son fidèle serviteur avait déposé dans le salon blanc, celui avec les dorures d'époque Louis XV. Il resserra contre lui les pans de sa robe de chambre en soie surpiquée, car il avait un peu froid malgré ses pantoufles fourrées. La vie n'était pas toujours tendre avec lui.

De l'autre côté de la table Empire à pattes de lion en bronze traînait encore son dernier butin : des papiers tout droit sortis des imprimeries de l'État mêlés à de la joaillerie en vrac. En guise de caution, l'un de ces messieurs lui avait refilé les bijoux de sa grand-mère, totalement démodés et dont on ne tirerait pas grand-chose. Le deuxième lui avait confié ses emprunts russes – excellent investissement à condition d'attendre une dizaine d'années pour les revendre, les gens sérieux s'entendaient pour dire que cela vaudrait cher à partir de 1917. Heureusement, le troisième avait déposé de l'argent quasiment liquide, d'excellents bons du Trésor acceptés partout, fraîchement édités par la Banque de France.

Fraîchement édités, sans doute, mais par la Banque de France, c'était moins sûr. En y regardant de plus près, à la lumière du jour, les titres qu'il s'était donné tant de mal à extorquer lui parurent aussi faux que sa dernière moustache. Il eut du mal à en croire ses yeux. Quelle malhonnêteté ! Il avait été si convaincu d'être le plus filou des deux qu'il n'avait pas pris la peine de vérifier leur authenticité. Goupil berné par Ysengrin[1] !

Lupin eut un long moment d'accablement. Il aurait retrouvé avec plaisir ce Théophraste Vroms pour lui enseigner le sens de l'honnêteté, mais il imaginait bien que le prétendu bijoutier belge s'était évaporé sans l'attendre. Et puis il ne s'estimait pas le mieux placé pour donner lesdites leçons. Ce papier bon pour la cheminée lui avait certes coûté une somme modique, mais une fortune en termes d'espoirs déçus. La location de l'agence promise à la démolition, les pourboires à son personnel d'occasion, les vêtements pour les rhabiller, le temps passé à leur apprendre à se tenir, à se comporter, à user d'un langage châtié – il les avait pratiquement initiés à la politesse pratiquée dans

1. Goupil le renard et Ysengrin le loup, personnages du *Roman de Renart*, récit médiéval.

les beaux quartiers, il avait suppléé leurs mères défaillantes ! Cet effort méritoire valait bien une compensation !

Son serviteur avait déposé sur un guéridon les journaux du matin. La renommée, au moins, vous accordait des récompenses qui ne risquaient pas d'être frelatées. À l'heure qu'il était, ses petites manigances devaient faire les choux gras de la presse, qui fourmillait d'admirateurs de son œuvre. Nul doute que ses subtiles entreprises faisaient la une à travers le pays. Il s'attendait à lire le récit du vol astucieux, probablement accompagné des adjectifs « brillant », « extraordinaire », « inouï », par lesquels les journalistes exprimaient d'habitude leur opinion à son sujet. La police recevait leurs compliments pour « des efforts louables », mais c'était lui, Lupin, dont le travail était qualifié de « remarquable », d'« unique » et d'« époustouflant », même si c'était devant les mots « audace », « orgueil » et « turlupinade ». Deux mois plus tôt, il avait eu droit à « bouleversant », la barre avait été fixée très haut.

Ce qu'il lut ce matin-là par-dessus sa tasse de café noir lui donna à penser que le record de l'adulation n'allait pas tomber tout de suite. Le bandeau qui ornait la première page disait, en lettres énormes :

« LUPIN ASSASSIN ! »

Le meurtre d'une fripière nommée Jacinthe Bourdoni faisait les gros titres. Elle avait été étranglée avec une cravate bleue. Or les témoins qui avaient vu Arsène Lupin grimé en directeur de banque assuraient qu'il portait une cravate de cette couleur, ornée du monogramme d'un collège anglais, comme celle qui avait servi à tuer la malheureuse.

Lupin ne s'étonna pas de la coïncidence, vu qu'il avait chargé la pauvre Jacinthe de revendre les tenues qui avaient servi à exécuter ce coup. L'assassin n'avait eu qu'à se servir. Ou bien cet homme avait-il utilisé précisément cette cravate pour le contrarier? Se connaissaient-ils, le monstre et lui? Était-ce une vengeance dirigée contre lui? Un piège? Une manœuvre destinée à orienter les soupçons vers l'honnête gentleman cambrioleur? Voulait-on se débarrasser de lui? Jacinthe avait-elle été sacrifiée pour lui nuire?

Il se dit qu'il était en train de dérailler, il ramenait tout à lui, il imaginait qu'on lui en voulait. Dieu sait quelles conclusions le Dr Kloucke tirerait de pareilles conjectures ! Cet homme avait un mot pour ce dérèglement... (il chercha un instant dans sa mémoire) La paranoïa ! Un Arsène Lupin ne devait pas se laisser aller à des raisonnements sans fondement. Même s'ils se révélaient souvent exacts.

Tout cela était troublant. Or quand Lupin était troublé, il ressentait l'urgence d'une petite séance avec Amédée Kloucke. Le moment était venu de rendre visite au cher médecin. Ce dernier était toujours enchanté de le voir, même quand son visiteur omettait de s'inscrire à l'avance dans son agenda. Ce que le *vulgum pecus* nommait « rendez-vous » était une formalité grotesque inventée pour étayer l'insignifiance des gens qui ne s'appelaient pas Lupin.

Tout le long du chemin qui menait au cabinet du docteur, il rumina cette histoire de meurtre, certainement crapuleux, qui tombait sur ses complots élégants comme un cheveu dans une bisque au homard.

Aucun sourire n'éclaira le visage de la secrétaire du docteur quand elle lui ouvrit la jolie porte du bel immeuble.

— Ah, c'est vous. Je ne crois pas que vous ayez rendez-vous aujourd'hui.

— C'est ce qui est merveilleux, avec vous, dit Lupin en se faufilant à l'intérieur. Vous avez toujours une connaissance exacte de qui doit ou ne doit pas être ici.

— Je vous préviens : le carnet du docteur est complet pour la journée !

— Ça ne fait rien, je ne suis pas pressé !

Il était pressé, mais un vrai gentleman ne s'autorisait jamais à le faire savoir. L'assistante ne put l'empêcher d'aller s'asseoir dans le salon d'attente où patientaient déjà les deux prochains clients. Apparemment, le docteur avait du retard, mais c'était un problème qu'Arsène Lupin pouvait arranger. Il salua poliment une dame qui lui répondit d'un hochement de tête accompagné d'une grimace, ce qu'on appelait un tic. C'était le moment d'utiliser un sens de l'observation qui ne servait pas seulement à dépouiller les abrutis fortunés. Si ses habits étaient quelconques et usés, elle portait en revanche un très joli bracelet, de belles bagues rutilantes, et sa veste s'ornait d'une charmante petit broche pas du tout assortie au reste. Il lui sourit.

— J'ai failli ne pas venir, dit-il, ma femme voulait m'emmener à la journée « bijouterie » du Printemps. Il paraît qu'ils ont fait venir des colifichets du monde entier, il y en a plein leurs comptoirs.

Vingt secondes plus tard, la dame se levait et quittait la pièce d'un pas d'alcoolique en manque. Lupin se dit qu'il aurait eu de l'avenir dans les consultations de psychologie s'il avait pu franchir les obstacles que constituaient de longues études, l'opinion de ses pairs, des émoluments modestes et la nécessité de mener une vie à peu près réglée.

Le monsieur qui occupait l'autre chaise se permit une remarque.

— Elle est bien piquée, celle-là ! L'autre jour, la secrétaire lui a couru après pour récupérer son stylo en vermeil !

— C'est une pickpocket compulsive, probablement ce que notre bon docteur appelle une kleptomane.

— Timbrée en plus d'être mal roulée ! dit le patient. On ne voit jamais que des moches, ici ! C'est à se demander où vont les jolies femmes !

C'était un gros bonhomme adipeux et moite.

— Elles vont là, répondit Lupin en lui tendant la carte d'une maison de rendez-vous qu'il avait sur lui par hasard. Vous devriez y aller voir, ça vous coûtera moins cher que le traitement du Dr Kloucke et ça sera plus distrayant.

Le monsieur considéra le carton rose comme s'il avait trouvé le saint Graal, puis il épongea son front humide et s'empressa de quitter la salle d'attente.

Dix minutes plus tard, Lupin entendit les pas du patient précédent qui s'en allait. Il entra à son tour dans le cabinet, non sans avoir pendu à la porte un écriteau où l'on pouvait lire : « Ne déranger sous aucun prétexte ! »

Lorsqu'il leva les yeux de ses papiers, Amédée Kloucke se montra plus surpris que ravi.

— Oh, non, pas vous ! Où est Mme Cunin des Brosses ? Elle met toujours deux semaines à se décider à venir !

— Vous la verrez dans deux semaines, répliqua Lupin, qui s'assit dans le confortable fauteuil placé face au docteur.

— Et M. Monchougny ? Il devait me régler les trois dernières séances !

— Il a trouvé une autre utilisation pour son argent. Mais rassurez-vous : je vous prends à la journée.

Lupin tira de sa poche une petite bourse en cuir qu'il jeta sur le bureau. Elle contenait des sequins d'époque Louis XVI dont mieux valait ne pas demander la provenance. Amédée Kloucke eut l'impression d'être retenu comme un chauffeur de taxi et couvert d'or comme une poule de luxe.

— J'ai un problème, dit Lupin, qui observait le plafond.

— Certes oui, lui confirma le psychologiste, qui se résigna à tirer de l'armoire un dossier étiqueté « A. L. » entièrement consacré aux confidences de son visiteur le plus célèbre.

Ce dernier était en proie à de cruelles interrogations. Une fois résumées les circonstances du décès de Jacinthe, la belle fripière de Ménilmontant, étranglée par une cravate qu'il avait lui-même portée autour du cou, il évoqua son incapacité à s'ôter de l'esprit l'idée qu'il avait joué un rôle dans le sort funeste de la malheureuse.

— Bref, vous venez me voir pour que je vous débarrasse de votre sentiment de culpabilité, conclut le docteur.

— Est-ce trop demander?

— Mon cher, pour ce que vous me payez, rien n'est trop demander. Je vous ferai simplement observer que les mœurs légères de votre amie l'exposaient à faire de sinistres rencontres, avec ou sans votre participation.

Lupin se sentait tout de même responsable des déboires encourus par ses employés pendant qu'ils travaillaient pour lui.

— C'est ce qui fait de vous un bon patron, dit le thérapeute. Vous devriez aller voir comment ça se passe dans les usines. Si nos industriels étaient torturés des mêmes scrupules, mon cabinet serait bondé du matin au soir.

Une coïncidence frappa tout à coup Amédée Kloucke. Il resta rêveur, le crayon en l'air, sans plus rien dire.

— Vous m'écoutez, docteur? demanda Lupin.

Cette histoire de cravate rappelait à Kloucke des crimes commis par un maniaque trois ans plus tôt. Des jeunes femmes blondes avaient été étranglées à l'aide de cravates en soie.

— Formidable! dit Lupin en se redressant. J'ai bien fait de venir! Je vais lancer la police sur la piste de cet individu et mon honneur me sera rendu!

— Je crains que cela ne suffise pas : cet homme est décédé peu de temps après son arrestation. En tout cas, c'est ce que j'avais cru jusqu'à présent.

— Vous avez une bonne mémoire des faits divers criminels, nota Lupin avec un peu d'appréhension.

— Vous ai-je dit que je m'intéressais à l'usage que l'on pourrait faire de la psychologie dans la lutte contre les forcenés ? J'ai une théorie à ce sujet : je pense qu'en définissant ce que j'appellerai leur *modus operandi*, on pourrait arriver à anticiper leur manière d'agir, de penser, et, pourquoi pas, prévenir certains méfaits.

— Les arrêter, quoi, résuma Lupin, qui se demandait depuis quand le psychologiste du premier cambrioleur de France était passé du côté obscur de la police.

— Les soigner, surtout, dit Kloucke. Enfin, ceux que la justice ne décide pas de couper en deux avant de les confier aux médecins.

— Cher docteur, avant de soigner les fous dangereux, occupez-vous des gens bien portants qui viennent vous voir.

— Oui, oui, les gens bien portants, bien sûr, répéta Kloucke en écrivant dans son carnet.

Ayant fouillé dans ses dossiers, il exhuma quelques vieilles coupures de journaux. Yves Rauconnière avait été arrêté pour avoir étranglé des gens à l'aide d'une cravate bleue. Lorsqu'il était enfant, son père avait travaillé dans les services postaux, dont les employés portaient un uniforme gris agrémenté d'une cravate bleue. Kloucke se demandait si ce dément n'avait pas développé une obsession fétichiste. Il avait dressé le tableau moral de l'assassin à partir de ses crimes et des indiscrétions de la presse. Rauconnière était dépourvu d'affect à un degré pathologique. C'était chez lui une sorte de handicap, il ne ressentait aucune empathie envers quiconque, le malheur et la souffrance des autres l'indifféraient. Il n'aurait même pas fait un bon bourreau : incapable d'abréger les souffrances d'un condamné, les foules l'auraient jugé plus monstrueux que la hache.

Déclaré irresponsable, Rauconnière avait été enfermé dans un asile où il était mort quelques mois plus tard, brûlé vif dans l'incendie de sa cellule. En plus d'étrangler ses victimes pour un oui ou pour un non, il était manipulateur. Les êtres humains étaient ses marionnettes. Quand il avait fini de jouer, il se débarrassait d'eux. De son point de vue, ses poubelles étaient pleines de jouets cassés qui laissaient des traces de sang. Son décès avait été la meilleure nouvelle possible à son sujet, mais ce nouvel assassinat donnait à penser qu'on s'était réjoui trop vite.

— Êtes-vous sûr que ce meurtre soit son genre?

— Je ne sais pas, dit Kloucke, jugez-en vous-même. Il avait étranglé une fleuriste blonde, puis une vendeuse des Galeries, blonde, et enfin la serveuse d'une brasserie, blonde aussi. Chaque fois avec une cravate bleue. Après ça, la police lui a couru après, ça l'a énervé, il s'est mis à tuer des hommes : un hôtelier, un détective qui le soupçonnait et un chauffeur de taxi dont il a emprunté la casquette et la voiture pour s'enfuir. Cet homme est un caméléon venimeux, il rend les scorpions sympathiques.

— À quoi ressemblait-il, ce Rauconnière? Les journaux ont-ils publié son portrait?

Kloucke montra un dessin gravé et stylisé. L'artiste lui avait attribué des yeux exorbités. Il brandissait à deux mains une cravate tandis qu'une jeune femme hurlait d'épouvante. Lupin repoussa le bout de papier.

— Ce dessinateur n'a jamais vu son modèle, il aurait aussi bien pu représenter Jack l'Éventreur. Mieux vaudrait une bonne photographie.

Hélas, l'article précisait qu'avant son arrestation, Rauconnière avait mis le feu à son domicile. Et l'établissement qui l'avait accueilli ensuite ne donnait pas dans ces techniques modernes que sont la photographie, le téléphone ou le chauffage central. Ils en étaient restés à la plume Sergent-Major et aux douches glacées.

— S'il a survécu, Rauconnière pourrait être n'importe qui, conclut Amédée Kloucke. Y compris vous ou moi.

— Oh, non, docteur, pas vous. Vous n'êtes pas fou.

— Vous vous croyez en mesure de décréter qui est fou et qui ne l'est pas ? dit le médecin en tendant la main vers son carnet pour rajouter quelque chose.

— Depuis que je vous fréquente, vos réactions ont été parfaitement normales, affirma Arsène. Vous ne me faites jamais cadeau d'une séance et vous me supportez difficilement.

Kloucke admit que cela exigeait une santé d'esprit à toute épreuve.

— Méfiez-vous quand même, Lupin, vous ne jugerez pas toujours si facilement de la santé mentale des gens, certains fous ont des ressources de dissimulation insoupçonnables.

Le docteur fixait son patient d'une façon qui ne plut guère à ce dernier.

Lupin aurait aimé régler le problème Rauconnière. Non seulement ce dément avait étranglé une fille qui lui rendait bien des services, mais à cause de lui le public ne l'aimait plus.

— Et vous tenez à ce qu'on vous aime, n'est-ce pas ? dit le docteur en grattant du crayon.

— Hier j'étais un objet de fascination, aujourd'hui on se méfie de moi.

— On se méfie d'un cambrioleur ! Quelle déception ! Quel dévoiement ! Vraiment, l'humanité ne cesse de me surprendre !

Lupin fronça les sourcils. Si les rôles s'inversaient au point que son médecin se permettait de le railler, pourquoi était-ce au patient de payer la séance ?

— Trêve de plaisanterie, dit Kloucke. Revenons à nos préoccupations de notre rencontre précédente.

— Voilà, répondit son client, rentabilisons l'achat de ce petit carnet.

Kloucke souhaitait que Lupin se déniche une bonne amie, et le plus vite possible. C'était une étape essentielle vers la guérison : quand il serait amoureux, ses relations avec le genre humain en seraient apaisées, il penserait moins à faire des dupes.

— Vous savez, dit Lupin, dans mon métier, soit les femmes qu'on rencontre possèdent des bijoux d'un prix scandaleux, soit elles se mettent en tête de vous plumer pour en avoir. Il n'y a pas de milieu dans le milieu.

— Dans mon milieu à moi, elles sont névrosées ou font des piqûres dans les fesses. Eh bien, ça ne m'a pas empêché de me marier. Enfin ! Des robes ont tout de même passé, dans votre vie !

— Oh, oui. Elles ont passé.

— C'est parce que vous vous y prenez mal. Ouvrez votre cœur, elles resteront. Et vous n'en serez que mieux. Vous verrez : la douceur du foyer, ça calme un homme. Le monde aurait connu moins de gros enquiquineurs s'ils avaient apprécié la vie de famille. Jules César, Attila, Napoléon, tous ces messieurs avaient un problème avec les dames. Ne soyez pas comme eux.

Arsène Lupin promit de partir à la recherche du fou sans se prendre pour Napoléon. Il quitta le cabinet pour laisser le bon docteur recevoir son patient suivant, mais, au lieu de sortir, il s'installa dans la bibliothèque pour étudier le sujet de la folie et de son pire représentant actuel. Il dressa une fiche signalétique de sa cible d'après les articles de presse qu'il avait subtilisés à son hôte.

L'étrangleur prétendument défunt était brun et gros. Mais nul ne l'avait vu depuis trois ans, il pouvait être devenu blond et mince. En revanche, sa taille l'empêchait de paraître petit ou très grand. Il fallait donc chercher un homme entre deux âges, doté d'un goût immodéré pour les cravates bleues. La police avait très bien pu être bernée par l'incendie de la cellule. Un être machiavélique avait pu se substituer à lui-même un cadavre pour le faire griller à sa place, Lupin faisait des choses comme ça tout le temps. Quel joli coup s'il l'attrapait ! Il se débarrasserait de cette horrible accusation de meurtre, il vengerait Jacinthe, les foules ébaubies l'applaudiraient à nouveau ! Et s'il y avait un petit bonus du côté du portefeuille, ce serait parfait.

Au volant de sa Panhard et Levassor, Arsène Lupin fila vers la banlieue sud. Il aimait faire brûler les pavés en poussant son bolide à pistons jusqu'à des 70 kilomètres-heure. Le moteur à explosion était l'un des progrès techniques qu'il préférait, avec l'ascenseur à grilles accordéon, le téléphone à cornet et les bas qui tiennent sans jarretière, si faciles à faire descendre le long d'un mollet galbé.

À propos d'accessoires, le prétendu Théophraste Vroms, qui était venu à la banque lui fourguer ses faux bons du Trésor, avait perdu une boîte d'allumettes marquée « Fontenay-aux-Roses ». Pourquoi un assassin qui se faisait passer pour mort depuis trois ans était-il allé dans une petite bourgade du bassin parisien où il n'y a rien à voir ? L'intérêt qu'il pouvait trouver à cet endroit n'était-il pas, justement, que personne ne s'y intéressait ?

Une fois parvenu dans la riante cité dont les roses avaient hélas pratiquement disparu depuis le développement de l'urbanisme métropolitain, Lupin chercha dans quelle demeure cossue un solitaire pourvoyeur de fausses valeurs aurait pu établir son quartier général. Un homme capable de se faire passer pour un riche bijoutier belge devait aimer son confort. Or il n'y avait pas ici d'hôtel de luxe. On n'y voyait pas non plus de beaux appartements avec vue sur la Seine ou sur les bois, c'était une banlieue plutôt populaire. Qu'est-ce qui aurait bien pu l'attirer ici ? Quelle demeure correspondait à un déséquilibré accablé de pressants besoins d'argent ?

Aux limites de la ville, Lupin se heurta à un long mur de vieilles pierres qui enserrait un vaste parc. Il crut d'abord à une promenade publique, mais lorsqu'il trouva la grille en fer forgée qui fermait le domaine, il vit, sur un pilier, une plaque où était gravée la mention « Clinique Legrand ». On apercevait, au bout d'une allée de tilleuls, une belle façade du XVIIIe siècle. Il y avait aussi, près de cette grille, une guérite dans laquelle somnolait un gardien que Lupin réveilla pour l'interroger. Il apprit que la maison du Dr Legrand était spécialisée dans le traitement des troubles mentaux. À en juger par le costume de son interlocuteur, qui n'avait rien à envier aux livrées du Ritz, la maison Legrand recevait une clientèle aisée.

Une maison de repos ! Quelle meilleure cachette pour un déséquilibré que ses crises de démence risquaient de trahir ? Il pouvait avoir ici tous les épisodes névrotiques imaginables sans jamais voir débarquer la police ! Et un interné volontaire pouvait sûrement sortir quand il le voulait pour ses petits achats, ses escroqueries ou ses assassinats !

Lupin fut aussi certain d'avoir identifié la tanière de Rauconnière que si la plaque avait porté la mention : « Cachette d'un assassin, entrez sans frapper ».

Lupin s'offrit un petit gueuleton en bord de Seine pour fêter sa réussite. Aussi, la nuit était-elle avancée lorsqu'il retourna à Paris en zigzaguant gaiement entre les charrettes à bras des ferronniers et les attelages divers qui encombraient la route.

Il avait des livres à consulter et savait exactement dans quelle bibliothèque les trouver.

Il gara sa voiture devant l'immeuble du Dr Kloucke et pénétra dans l'appartement à l'aide de son passe-partout afin de ne pas déranger les dormeurs. À la lumière d'une lampe à pétrole, il se plongea dans les ouvrages de psychologie pour s'offrir une formation accélérée qui permettrait bien à un esprit aussi affûté que le sien de passer, au moins quelque temps, pour un médecin des fous. Après tout, il connaissait la question, il avait vu pratiquer le praticien qu'il consultait. L'heure était venue de rentabiliser ces dépenses.

À l'aube, tandis qu'il regagnait son propre logement, il se sentait déjà dans la peau du Dr Lupin, spécialiste des désordres mentaux et autres dingueries en tout genre pour riches déjantés. Il avait suffisamment côtoyé la police pour disposer de tous les modèles nécessaires : s'il fallait jouer les savants, il afficherait le sérieux de Ganimard, et s'il fallait jouer les déments, il se montrerait délirant comme Ganimard.

D'emblée, il sentit que quelque chose n'allait pas dans sa rue. Au lieu de s'arrêter devant chez lui, il roula jusqu'à l'avenue suivante. Le ciel pâlissait, mais aucun oiseau ne chantait dans les marronniers. Les ombres tapies derrière les arbres n'étaient pas celles du laitier ni d'un balayeur matinal. Cela frémissait dans les encoignures des porches. Des moustachus à chapeau melon étaient en embuscade un peu partout. Bien sûr, il pouvait s'agir d'une équipe concurrente, mais ce n'était pas les bandits qu'il avait le plus contrariés, ces derniers jours. Ou plutôt si. Son nom faisait les gros titres, flanqué des mots « monstre » et « tueur de femme ». La presse racontait qu'il avait assassiné une fille appréciée des caïds, une native de Ménilmontant à qui la pègre n'avait rien à reprocher, une des leurs. Il avait été dénoncé. Ces idiots de malfrats avaient cru ce qui était imprimé, ils le prenaient pour le bourreau de Jacinthe. Lui ! L'élégant gentleman cambrioleur incompris était devenu « l'étrangleur insaisissable », et cela paraissait naturel à bien des gens. Toute l'acrimonie, la méfiance et la jalousie qu'il avait suscitées au fil du temps se réveillaient aujourd'hui.

L'affaire de la fausse agence bancaire lui retombait dessus. La nécessité de recruter des complices pour figurer les employés de banque l'avait forcé à mettre trop de monde dans le coup. Les dénonciateurs étaient en général d'anciens collaborateurs. C'était pourquoi il préférait travailler seul. Il avait trahi ses principes et risquait d'en payer le prix.

La présence de ces ombres hostiles bouleversait les plans qu'il venait d'échafauder pour saisir le véritable meurtrier. Il erra longuement dans Paris en réfléchissant, tel un joueur d'échecs qui cherche comment éviter l'échec au roi. Quand le jour fut venu, il s'arrêta devant un bistrot tranquille pour prendre un petit-déjeuner. Un kiosquier qui ouvrait son édicule venait de recevoir la presse du matin. Lupin acheta quelques journaux pour voir si sa cote était remontée. Ce n'était pas le cas : on l'appelait maintenant « le vampire de Ménilmontant ». Le journaliste qui avait inventé cette aimable formule déployait une puissante imagination pour vendre du papier encré.

Tout en grignotant son croissant, il parcourut les pages réservées aux insertions payantes. « Après tout, mon vieil Arsène, se dit-il, peut-être est-il temps de te trouver un métier qui ne t'expose pas constamment à l'injure gratuite. » S'il était désireux de se faire aimer, ainsi que le Dr Kloucke l'avait souligné, une reconversion aurait été la bienvenue.

Une petite annonce retint son attention. Quelle coïncidence extraordinaire ! La clinique Legrand de Fontenay-aux-Roses cherchait un infirmier qualifié pour compléter son personnel. C'était une chance qu'il devait saisir. Lupin s'estimait d'autant plus qualifié qu'il rédigeait ses qualifications lui-même. Il pourrait toujours imiter les doctes attitudes du Dr Kloucke, un homme qui était l'incarnation même de la qualification.

3

Les impressions de chez Ganimard

Lucien Dantry quitta le taxi qui l'avait amené, depuis Paris, à son entretien d'embauche à la clinique Legrand de Fontenay-aux-Roses. Avant de partir, il avait soigneusement choisi sa tenue. La casquette, c'était populo. Le haut-de-forme, trop habillé pour ce genre d'emploi. Il avait opté pour un chapeau melon et un costume à carreaux, cela renforçait un côté « jeune et dynamique » qui lui valait en général la sympathie des gens. C'était utile quand on avait l'intention de leur tirer les vers du nez sans qu'ils s'en aperçoivent.

Il posa sa valise sur le trottoir et tira la chaînette reliée à la guérite du gardien en faction derrière la grille. Celui-ci fit coulisser un volet et lui demanda ce qu'il voulait.

— M. le directeur Legrand m'attend.

Après avoir vérifié que le nom du nouveau venu figurait au registre, le gardien lui ouvrit.

— Allez-y sans crainte, vous ne rencontrerez personne d'étranger au service. Les visites aux patients ne sont autorisées que l'après-midi, on réserve les matinées aux admissions.

Dantry comprit qu'avec sa valise, le gardien l'avait pris pour un futur pensionnaire. Il n'avait pas fait dix pas dans l'allée quand l'homme le héla.

— Si vous avez besoin de petits extras, n'hésitez pas ! Je peux vous fournir n'importe quoi ! Discrétion garantie ! Alcool, cigarettes, friandises…

Il désignait sa guérite, qui servait apparemment d'épicerie générale.

La longue allée de tilleuls traversait un beau parc planté de grands arbres. Des bancs avaient été disposés un peu partout. Au bout s'élevait une vieille demeure aristocratique devenue maison de soins. Déjà imposant, le bâtiment avait été agrandi, d'un côté, d'une aile plus moderne, et, de l'autre, d'une immense verrière qui devait servir de salle commune.

Dans l'ancien vestibule à dallage noir et blanc avait été installé un comptoir d'accueil derrière lequel se tenait une jeune femme nommée Rosaline Perdrion – son nom était brodé sur la tunique assortie à son calot et à ses souliers impeccablement blancs. Quand elle s'approcha de lui, le postulant crut voir un cygne glisser sur la surface d'un étang. Il aurait été exagéré de dire qu'elle était jolie, mais ses yeux pétillants lui conféraient le charme de la vivacité.

— Le docteur a pris un peu de retard, il va vous recevoir dans un moment, dit-elle avec un sourire.

Lucien Dantry posa sa valise contre le mur et s'assit sur un siège. Tandis qu'il patientait, un éclat de voix attira son attention. Un bonhomme habillé en vert remontait l'allée, suivi du gardien, qui tentait de le retenir.

— Et moi je vous dis qu'il me recevra, que je sois inscrit ou pas ! s'exclama l'intrus. Ce ne sont pas vos registres qui font la loi !

Quand l'ineffable inspecteur Ganimard poussa la porte du vestibule, le gardien eut un geste d'impuissance à l'intention de l'infirmière, qui répondit d'un hochement de tête pour indiquer qu'elle prenait le relais.

— Police ! déclara l'inspecteur en posant sa carte sur le comptoir. Dois voir le directeur ! De suite ! Urgent !

Le franchissement de la grille lui avait coûté, sa querelle avec le gardien obtus aussi : son teint cramoisi jurait curieusement avec son paletot vert. Sa face rougeaude ressemblait à un petit parasol écarlate piqué dans l'olive d'un cocktail.

— Avez-vous rendez-vous ? demanda Rosaline Perdrion sans se laisser impressionner par cette boisson vitupérante.

Le petit jet de vapeur émis par Ganimard montra que le policier avait dépassé la température d'ébullition.

— Ma petite, comprenez-vous le sens du mot « urgent » ou faut-il que je vous l'explique ?

Les leçons de vocabulaire de Ganimard n'empêchèrent pas l'infirmière de prendre son temps pour décrocher le haut-parleur du réseau de communication interne. Elle annonça l'arrivée du policier dans un cornet en cuivre relié à un tuyau qui courait jusqu'au bureau de la secrétaire. Ganimard vit que cet établissement de grand luxe était équipé des innovations techniques les plus modernes. Même à la Sûreté, on n'avait pas ça. Il entendait, dans la pièce contiguë, le claquement métallique d'une machine à écrire, probablement un de ces modèles américains sur lesquels on pouvait taper une vingtaine de mots à la minute. Les cales et les traces d'encre sur ses propres doigts témoignaient du mal qu'il se donnait pour rédiger lui-même, au porte-plume, les rapports que ses supérieurs lui renvoyaient avec des corrections orthographiques à l'encre rouge, les rares fois où ils daignaient les lire ! Ah, s'il pouvait lui aussi dicter ses pensées à une secrétaire en jupe coiffée d'un chignon, il aurait l'impression d'être devenu un géant de la lutte contre le crime organisé !

— Le Dr Legrand dit qu'il peut vous recevoir d'ici trois quarts d'heure environ. Si vous voulez bien patienter…

Ganimard n'était pas d'humeur patiente.

— Je préfère le voir tout de suite, merci.

Il balaya le vestibule du regard pour choisir parmi les portes celle qui avait le plus de chances de donner sur le bureau du directeur. L'infirmière l'aida un peu puisqu'elle quitta son comptoir pour se poster entre lui et l'une des issues. Confiant en ses facultés de déductions qui ne le trahissaient que lorsqu'il affrontait Lupin, Ganimard écarta la péronnelle, tourna la poignée et fit irruption dans le domaine privé du maître des lieux.

Marcel Legrand, éminent spécialiste des maladies mentales, était un homme d'une soixantaine d'années, comme en témoignaient ses rides et les diplômes fanés accrochés aux murs. Son visage s'ornait de beaux favoris blancs, son nez était chaussé de lorgnons dorés, et l'on devinait que la pipe coincée entre ses dents jaunes ne devait guère quitter sa bouche de la journée. Pour l'heure, occupé à rédiger, il ne daigna pas lever les yeux sur l'individu qui forçait sa porte : dans son métier, on avait l'habitude des olibrius et des actes irrationnels.

Un coup d'œil général fournit en revanche au policier une foule de renseignements sur la personnalité du médecin. Cet homme était visiblement obsédé par sa vocation, qui consistait à extirper des ténèbres les esprits perdus grâce aux lumières de la science. Accessoirement, cette vocation le poussait à écrire des livres qui encombraient ses rayonnages, et lui valait de recevoir des récompenses internationales, étant donné le grand nombre de médailles pendues à des rubans qui décoraient la pièce.

— Inspecteur Justin Ganimard de la Sûreté parisienne, se présenta le policier en se laissant tomber sur une chaise qui avait connu bien des postérieurs de déséquilibrés avant le sien.

— Je vous en prie, prenez un siège, dit Marcel Legrand en lui indiquant celui sur lequel il venait de s'asseoir.

— Vous ne vous doutez sûrement pas de l'objet de ma visite !

— Il nous reste des chambres, répondit le médecin.

— Docteur, je n'irai pas par quatre chemins : nous savons que Lupin est chez vous !

— Tiens, tiens, comme c'est intéressant... Vous permettez que je prenne des notes ? demanda le directeur en choisissant une nouvelle feuille sur laquelle il griffonna deux mots qui avaient fort l'air d'être les nom et prénom du visiteur.

Quelques jours plus tôt, un des hommes de Ganimard avait réussi à filer Lupin jusque dans cette ville, puis la piste s'était perdue quand le suspect avait foncé, en pleine nuit, à des soixante-dix kilomètres-heure entre les charrettes qui encombraient la chaussée. Par la suite, on ne l'avait plus revu nulle part. Or, que pouvait venir faire à Fontenay-aux-Roses un malade aussi atteint que Lupin, sinon tenter le traitement de la dernière chance dans un établissement pour riches maboules de son acabit ? Ganimard était à peu près certain que l'ennemi public avait pris pension entre ces murs, où il se cachait, tel un arbre dans la forêt. Il ignorait encore sous quelle identité, mais il comptait sur un rapide examen des dossiers médicaux pour lui fournir ce renseignement.

— C'est ce qui vous trompe, répondit le directeur en laissant échapper un nuage de fumée filandreux d'une manière aussi énigmatique que la chenille d'Alice.

Marcel Legrand n'avait nulle intention de laisser les forces de l'ordre mettre le nez dans des dossiers qui étaient couverts par le secret médical. Si l'on apprenait qu'il révélait à n'importe qui les petits secrets et les problèmes les plus intimes de sa clientèle, c'en serait fini de son institut. Compréhension et discrétion étaient les maîtres-mots du commerce du bien-être à l'intention des nantis déboussolés.

— Je ne vous demande pas les dossiers médicaux de Louis II de Bavière ou de Ravaillac ! protesta Ganimard. Livrez-moi au moins les noms des patients qui sont internés chez vous depuis huit jours.

— Il n'y en a aucun. Voyez-vous, inspecteur, nous n'internons pas, ici. Nous recevons des hôtes dont nous nous efforçons de soulager les souffrances morales dans un climat de confiance. Je me propose de vous en faire la démonstration quand vous voudrez.

Il prit Ganimard par le bras comme il l'aurait fait d'un patient et l'emmena faire le tour du domaine pour lui montrer qu'ils n'avaient rien à cacher – et aussi pour l'éloigner de ses dossiers. Ils longeaient l'allée quand Ganimard vit un bonhomme franchir la grille vers l'extérieur.

— Vos médecins sortent n'importe quand ?

— Oui, mais ce monsieur n'est pas médecin, c'est un de nos hôtes. Il souffre d'agoraphilie, il ressent le besoin de se frotter à des masses de gens inconnus. Nous le laissons se rendre au marché tous les trois jours pour qu'il puisse se faire compresser dans la file d'attente du charcutier, ça l'aide à tenir le reste de la semaine. Et puis il nous rapporte des saucisses. Nous nous contentons de contrôler leurs achats à leur retour.

Le cerveau de Ganimard se mit à turbiner comme le moteur d'une loco à vapeur. On laissait les déséquilibrés aller et venir à leur guise ! Cet hôpital était une farce ! Lupin avait pu préparer sa planque de longue date et se faire recevoir ici bien avant l'affaire de la fausse banque. Il pouvait aussi se cacher parmi le personnel ; et même, pourquoi pas, se terrer dans la propriété sans daigner se mêler aux autres résidents !

— C'est plein de cachettes, ici ! La tanière idéale pour un bandit ! Un coquin ! Un scélérat !

— Vous vous y connaissez mieux que moi en ces matières, monsieur l'inspecteur, je m'en remets à vous.

Le parc était entouré d'un haut mur qui semblait impossible à sauter.

— Vous vous êtes quand même construit une sacrée muraille ! dit le policier.

— Elle était là avant. Les anciens propriétaires ont connu trois révolutions, ils ont investi.

Ganimard avisa des traces de pas dans la boue. Les buissons avaient été piétinés, des branches cassées, des éraflures marquaient certaines pierres. Il suivit la piste comme un chien de chasse.

— Votre mur infranchissable a été franchi ! Et il n'y a pas longtemps, encore !

La question intéressante était : dans quel sens ? Pour entrer ou pour sortir ? Lupin avait-t-il sauté l'obstacle pour envahir les lieux (hypothèse inquiétante) ou un fou dangereux s'en était-il échappé (hypothèse rassurante) ?

— Dites donc, dit le policier, c'est une passoire, chez vous !

— La plupart de nos patients n'ont nullement besoin de grimper pour s'en aller. Il leur suffit de prévenir, de se présenter aux heures convenues et de signer le registre. Par ailleurs, aucun d'eux ne manque à l'appel.

— Avez-vous subi un cambriolage, récemment ? demanda l'inspecteur, la moustache en alerte.

Le directeur n'en avait pas connaissance.

— Dans ce cas, pas de doute : Lupin est passé par ici ! Je peux sentir son odeur partout aussi sûrement que si je coursais un sanglier !

Marcel Legrand poussa un soupir. Ce grossier personnage venait de lui couper toute envie d'adopter un fox terrier.

Ganimard avisa un groupe de pensionnaires en pyjama et robe de chambre qui prenaient le frais en attendant les soins. Il s'approcha d'un homme jeune et élancé qui lui paraissait un bon Lupin potentiel.

— Vous êtes là depuis longtemps ? Dites « Bonjour, inspecteur Ganimard », pour voir.

L'interpellé ouvrit des yeux ronds, poussa un cri inarticulé et s'enfuit à toutes jambes.

— Ce monsieur est atteint de paranoïa, inspecteur. Je déconseillerais de lui poser des questions susceptibles de lui paraître insidieuses. Le mieux serait que vous évitiez de parler.

Ganimard restait suspicieux. Même si la plupart de ces messieurs séjournaient là depuis longtemps, Lupin aurait pu prendre l'apparence de l'un d'eux et le remplacer. Hélas, Marcel Legrand refusa de manière catégorique de le laisser tirer sur leurs cheveux et sur leurs moustaches pour voir si les poils tenaient.

— Vous êtes à la limite du délit d'entrave à la justice, monsieur le directeur !

— C'est moins grave que de laisser le serment d'Hippocrate aller à vau-l'eau.

Ganimard bougonna. C'était à peu près ce que lui répondaient les hommes d'Église qui brandissaient le secret de la confession et l'empêchaient de fouiller les sanctuaires. Il avait du mal avec les prêtres et les médecins, tous ces tenants des religions anciennes, les uns adeptes des Hébreux et les autres des Grecs !

Le directeur le ramena à l'intérieur pour l'empêcher d'aller dévisager sous le nez tous ses patients en promenade. Le domaine n'était pas assez vaste pour y semer un Ganimard, Legrand commençait à ne plus savoir que faire de lui. Il lui montra les salles de douches et les cages à vapeur.

— Nous traitons nos patients avec des procédés de pointe. Nous nous intéressons à tout ce qui allie efficacité et humanité : l'hypnose, les chocs électriques, les chambres capitonnées, la camisole de force...

Pour le prix qu'ils payaient, les hôtes avaient droit aux méthodes issues des officines américaines et des laboratoires d'expérimentation animale de la Faculté. On leur collait par exemple sur la tête un casque métallique relié au courant alternatif, qui envoyait dans leur pauvre cervelle un flux bénéfique. C'était un moyen de remettre leurs idées en place sans créer plus de dommages qu'il n'y en avait déjà.

Ganimard n'était pas venu prendre des leçons, il interrompit le laïus du directeur avant qu'il ne l'emmène dans les cuisines pour lui apprendre à préparer la mayonnaise.

— Ecoutez, je comprends que vous deviez la confidentialité à vos clients. Pour ménager la chèvre et le fou, je vous propose de placer ici un de mes hommes qui se fera passer pour l'un d'eux. Ainsi il pourra rechercher Lupin sans déranger vos petites expériences électriques.

— Un espion ? traduisit le directeur. Il ne saurait en être question, inspecteur.

— J'ai sous la main un garçon discret que Lupin n'a jamais vu, je vous jure qu'il se fondra dans la masse.

— Je vais vous apprendre un nouveau mot, inspecteur. C'est le mot « non ».

La demoiselle de l'accueil vint à leur rencontre.

— Excusez-moi, docteur, j'ai pris la liberté de faire entrer votre rendez-vous dans votre cabinet.

Marcel Legrand tendit la main à l'intrus qui venait de lui voler une heure.

— Pardonnez-moi, cher ami, j'ai des obligations, je suis très occupé.

Tandis que le directeur lui tournait le dos et s'éloignait, Ganimard remarqua un journal sur le comptoir. Il était ouvert à la page des petites annonces et quelqu'un avait entouré une offre d'emploi passée par la clinique.

4

Un boulot de folie

Avant de quitter le vestibule, Marcel Legrand se retourna pour vérifier que le policier s'en allait bien. Il le vit s'engager dans l'allée du parc avec le journal sous le bras. Cet inspecteur était décidément un obstiné, fanatique de ses propres opinions et incapable de communiquer en adulte. « Délire aggravé d'obsessions avec une tendance au sentiment de persécution », se dit-il en poussant la porte de son bureau. Il allait devoir se méfier de tout nouveau postulant à partir du lendemain.

Dans son bureau l'attendait un homme d'environ trente ans, mince, d'allure sportive, pourvu d'une fine moustache, au regard vif et franc, celui-ci se leva à l'entrée du directeur et lui tendit la main.

— Lucien Dantry. Je viens pour la place d'assistant, nous nous sommes parlé au téléphone.

— Oui, je me souviens très bien. Je vois que vous avez apporté votre valise. C'est parfait, vous pourrez commencer tout de suite. J'ai besoin de quelqu'un pour un travail un peu particulier.

Depuis trois décennies qu'il se consacrait à soigner les malades mentaux, il avait pu constater combien la barrière entre le médecin et le patient était un obstacle. Aucun d'eux ne se confiait jamais à lui avec franchise et spontanéité. C'était pourquoi il souhaitait expérimenter une stratégie nouvelle. Il désirait que Lucien Dantry se mêle à eux en tant que pensionnaire. Sa tâche consisterait à lier amitié autant que possible. Le Dr Legrand était persuadé qu'ils se faisaient entre eux des confidences bien plus intimes que ce qu'ils acceptaient de partager avec le personnel médical. La mission ne durerait qu'un temps limité. Dès qu'il en aurait assez, Dantry troquerait le pyjama pour la blouse blanche et regagnerait le camp des gens sains d'esprit.

— Vos patients ne risquent-ils pas d'être vexés, le jour où ils comprendront que je les ai trahis ? objecta le postulant.

— Au contraire, répondit le directeur. Nous leur dirons que je vous ai guéri, ça leur donnera du courage.

Lucien Dantry accepta sans trop se faire prier. Le travail était fort bien payé et il avait de bonnes raisons de vouloir intégrer cet établissement, de quelque côté que ce fût. Il allait être logé, nourri, blanchi et rémunéré à hauteur de deux cents francs pour paresser en pyjama, provoquer des discussions et ouvrir grand ses oreilles.

— Cela me semble très généreux, dit-il en lorgnant les objets d'art qui décoraient le cabinet, des vases, des bronzes et autres babioles qui n'auraient pas déparé les murs d'un musée de la réussite médicale.

De toute évidence, les sommes dépensées par les messieurs qui se faisaient soigner ici étaient de nature à faire vivre le directeur sur un grand pied, en plus de financer toutes les expériences nécessaires au progrès de la science. Restait à établir un motif d'internement. Marcel Legrand lui récita une liste de névroses courantes parmi lesquelles son nouvel employé devait faire son choix.

— Il y a les tics de comportement, les cauchemars, les obsessions macabres, la kleptomanie...

— Ah ! fit Dantry. Celle-ci me convient !

— Très bien. Vous n'aurez qu'à subtiliser un objet de temps en temps pour être crédible. Saurez-vous vous y prendre ?

— Je crois que oui, acquiesça Dantry en retirant de sa poche un porte-plume qui était plus à sa place sur le bureau de son propriétaire.

— Merveilleux ! Vous entrez déjà dans la peau du personnage !

— J'ai joué au théâtre en amateur, dit son nouvel employé avec un sourire modeste.

— Je pense que vous me serez précieux pour compléter mes fiches, dit Legrand en désignant ses étagères débordantes de dossiers.

Il peaufinait l'examen psychique de ses patients pour en tirer la matière d'un mémoire destiné à révolutionner la pratique de la psychopathologie appliquée. Tout en écoutant distraitement le sauveur des maboules bâtir les asiles du futur, l'attention de Lucien Dantry fut attirée par un mouvement, de l'autre côté de la fenêtre. Un corps se balançait à la branche basse d'un chêne. Il blêmit.

— Docteur, je crois que vous venez de perdre l'un de vos chers patients.

Marcel Legrand tourna la tête pour voir de quoi il parlait.

— Ah, n'y prenez pas garde, c'est Loissery. J'espère que vous n'êtes pas trop émotif, dites-moi.

— Seulement quand je vois des cadavres, répondit le visiteur.

Deux infirmiers avaient eux aussi repéré le pendu, ils se dirigeaient de ce côté d'un pas lent, une échelle sous le bras.

— Loissery est un exhibitionniste compulsif, expliqua le directeur. Il fait cette farce à tous les nouveaux. Il la fait aussi aux anciens, mais ça marche moins bien. Si vous parvenez à lui faire dire l'origine de sa pulsion, je vous augmente.

Les infirmiers commencèrent par se plaindre au pendu d'avoir dû aller chercher l'échelle dans la remise, puis ils coupèrent la corde, et le mort tomba comme une pierre dans l'herbe, où il resta étendu, parfaitement inerte. Dantry les regarda remporter leur échelle.

— Il y a à Vienne un Autrichien qui prétend que ces comportements trouvent leur cause dans l'inconscient, mais cette théorie me paraît fumeuse. J'en suis resté à la bonne vieille explication bien de chez nous.

— Qui est ?

— Ce sont des tordus. Tous ceux qui mentent, qui volent, qui trichent, qui s'inventent des identités... Des rebuts de la société, voilà tout.

— Je vous souhaite le bonsoir, docteur, dit Dantry avant de quitter le cabinet, sa valise à la main.

Lorsqu'il passa à nouveau devant une fenêtre, il vit que la dépouille mortelle de Loissery était partie à pied. Il avait hâte de profiter de son statut de patient pour flanquer sa main dans la figure de ce farceur à sa prochaine démonstration publique; et au docteur aussi, si l'occasion se présentait. Ça le consolerait des efforts qu'il avait dû déployer pour s'insinuer dans ce château des Carpates peuplé de détraqués.

Comme il avait envie d'un peu de paix, il s'assit sur un banc du parc et tira de sa veste une flasque dont il prit une grande rasade. Le gardien qui lui avait offert ses services d'épicier passait justement. Dantry lui offrit de son nectar : autant s'attirer les bonnes grâces de tout le monde, pas seulement des pensionnaires.

— Je savais bien que vous étiez un patient ! dit le gardien après avoir bu. J'ai l'œil pour les repérer. Menteur invétéré, hein ? Je suis sûr que le patron a un mot grec pour donner un tour plus chic à votre manie. En tout cas, n'oubliez pas : je peux vous procurer n'importe quoi en vingt-quatre heures. Il suffit d'y mettre le prix.

— Comment vous appelez-vous, mon brave ?

— Bertin Gravier, monseigneur ! Je connais tous les fournisseurs de Fontenay-aux-Roses et je me rends à Paris chaque semaine pour les fournitures avec le camion de la clinique. Je peux vous avoir du tabac des meilleures boutiques !

— Ce qui me serait vraiment utile, ce serait une douzaine de pompes à air pour étouffer les imbéciles, dit Dantry.

Bertin Gravier réfléchit un instant.

— Dans une heure, répondit-il.

La demoiselle de l'accueil se chargea de montrer au nouveau pensionnaire les parties du bâtiment auxquelles il avait accès. Ils croisèrent ici et là d'autres patients, à qui elle le présenta. Il y eut d'abord un M. Cochodon qui souffrait de dépression chronique.

— M. Dantry va nous faire l'honneur de séjourner parmi nous quelque temps, annonça-t-elle.

Au lieu de saisir la main qu'on lui tendait, le dépressif leva les siennes au ciel.

— Pour combien de temps, telle est la question ! déclara-t-il sur un ton d'oraison funèbre. Ne sommes-nous pas tous promis à une destruction prochaine et inévitable ? Il suffit de lire les prophéties de Daniel !

— Je m'en garderai bien, répondit Dantry avec un sourire poli.

Un homme semblait errer sans but à travers les corridors.

— Monsieur Gondepierre, je vous présente M. Dantry.

— Bonjour, monsieur Gondepierre, dit le patient en serrant la main de Dantry.

— Amnésique ? glissa ce dernier à l'oreille de l'infirmière quand ils furent un peu plus loin.

Elle opina du menton. Ils rencontrèrent ensuite un échalas dont le pyjama rayé étirait la silhouette. Elle mit Dantry en garde comme il lui tendait la main.

— M. Brionval est anémique, ne serrez pas trop fort.

Dantry eut l'impression d'avoir un bout de squelette entre les doigts.

Au cours de cette promenade, cinq bonshommes lui parurent susceptibles d'être l'homme qu'il cherchait. Ils étaient tous fortunés, ça se voyait à certains de leurs vêtements. Et Dantry avait l'œil pour ces sortes de choses : ils portaient de superbes robes de chambre brodées à leurs initiales et des pantoufles assorties, on aurait dit un congrès d'oisifs. Toutefois, certains s'exprimaient vulgairement.

— Ça boume, baron ?

— Au poil, marquis !

Sous la verrière, plusieurs de ces messieurs passaient le temps à d'innocentes activités. Un tournoi de dominos était en cours, on lui proposa de faire le quatrième.

— Demain, plutôt, répondit Dantry. Je ne voudrais pas épuiser en un seul jour tous les charmes de cet endroit.

En son for intérieur, il se disait qu'il fallait avoir le cerveau en compote pour disputer des parties de dominos quand on pouvait s'offrir un agréable séjour dans n'importe quel palace de la Riviera.

L'infirmière le conduisit à l'étage des chambres. Ils pénétrèrent dans un long couloir bordé de portes identiques et numérotées. Des étiquettes indiquaient le nom de chaque locataire. Pour la plupart, les 26 chambres étaient occupées. Dantry vit qu'elles étaient meublées simplement mais avec bon goût, dans le style nouille, avec des motifs floraux sculptés dans un bois précieux.

Sa valise avait été glissée sous son lit et le contenu réparti entre l'armoire et la commode de toilette. Si confortable que fût l'endroit, l'intimité n'y était guère de mise. « Toi qui entres ici, abandonne toute vie privée ! », se dit-il.

La serrure était dépourvue de clé, ce qui empêchait de s'enfermer. Il se demanda si on autorisait les patients tels que lui à vadrouiller la nuit.

Quand l'infirmière l'eut laissé seul, il vérifia que rien n'avait été soustrait à ses affaires. Il avait été bien inspiré de ne rien apporter qui puisse éveiller la méfiance. En revanche, il allait devoir improviser avec les moyens du bord. Jamais il ne se serait douté que postuler un emploi médical le conduirait à être interné pour maladie mentale ! Les méthodes de Marcel Legrand étaient aussi déconcertantes que celles d'un Arsène Lupin.

Par acquit de conscience, il retira sa valise de sous le lit. Elle fit « bling bling » quand il la déplaça. À l'intérieur, quelqu'un avait entassé douze pompes à air ! Ce gardien était bien facétieux, comment avait-il pu prendre sa requête au sérieux? Dantry espéra qu'il n'attendait pas un pourboire pour un service si incongru. Dans le cas contraire, cet homme était le plus timbré de tout l'établissement !

Pour ce qui était de son linge dans l'armoire, non seulement il n'avait pas été froissé, mais il avait été plié avec un soin maniaque dont Dantry se savait tout à fait incapable. Cet effort devait avoir eu pour but de cacher une fouille en règle. Maintenant qu'il se savait surveillé par un obsédé, il se promit de surveiller particulièrement les pensionnaires qui affichaient une propreté exagérée. Sa situation devenait subtilement sournoise.

Heureusement, il avait pris ses précautions. Il fit jouer les attaches qui maintenaient le double-fond de sa valise. C'était là qu'il avait caché le pistolet sur lequel il comptait pour se défendre et maîtriser l'assassin.

Aussi fut-il fort dépité de constater que la cachette était absolument vide.

5

Danse avec les fous

Plutôt que de fraterniser avec les fatigués du bulbe, Dantry aima mieux fumer une cigarette devant l'étang du parc en compagnie de l'infirmière de l'accueil. C'était la pause de Rosaline, et, sa pause à lui, c'était l'infirmière.

Au reste, la plupart des déséquilibrés n'étaient pas difficiles à cerner. Ils en surprirent un qui récupérait une bouteille dissimulée entre les ajoncs. Rosaline siffla les infirmiers, et le patient s'enfuit au pas de course, poursuivi par un personnel qui finit par le plaquer au sol pour mieux vider les poches de sa robe de chambre.

— L'alcoolisme mondain a rendu M. Bouche-Pillou moins mondain qu'alcoolique, expliqua Rosaline. Il en planque partout. Comment il arrive à les introduire, telle est la question.

Dantry songea que le portier détenait probablement la réponse, mais il s'abstint de dire quoi que ce soit car il comptait sur ce Bertin pour l'aider à remplacer l'arme qu'il avait perdue.

Il fallut ensuite repêcher Loissery, l'exhibitionniste suicidaire, qui faisait semblant de s'être noyé au milieu des canards. Étant donné la température de l'eau, le faux suicide avait des chances de devenir vrai en cas de pleurésie.

— Repêchez-le avant qu'il n'attrape du mal ! dit l'infirmière. Son décès ferait une triste publicité à notre établissement. On est censé sortir guéri, pas les pieds devant.

Dantry supposa que c'était là-dessus que jouait ce Loissery. Son séjour n'avait pas pour but de le guérir, mais de lui fournir un public contraint de s'occuper de lui sans jamais l'agresser. Un vrai camp de vacances pour un dément !

— Il devient de plus en plus difficile d'empêcher le personnel de le traiter à la « giflothérapie », dit Rosaline.

Le noyé n'aida nullement ses sauveurs à l'arracher à la vase. Quand ils le transportèrent sur une civière, toujours statique, Dantry remarqua qu'il avait pris la peine de maquiller son visage dans des tons grisâtres qui donnaient une vérité répugnante à l'imposture. Le jour où on le trouverait véritablement mort, il y aurait une vingtaine de suspects parmi les employés.

Après que Rosaline l'eut quitté pour reprendre son poste, Dantry fut rejoint par Gondepierre, l'amnésique.

— Qui est-ce ? demanda ce dernier en regardant passer le macchabée.

— C'est M. Loissery. Mais ne vous inquiétez pas, il ira mieux dès que nous aurons le dos tourné.

— Ah, bien. Et moi, qui suis-je ?

— Vous êtes le directeur de cet établissement, répondit Dantry en le dirigeant vers la maison. Regagnez donc votre bureau, docteur, le travail vous attend.

— Ah, merci. Et vous, qui êtes-vous ? cria de loin Gondepierre.

— Votre ange gardien !

— Un ange ! Vous ! dit un bonhomme vêtu d'un drap de lit qui traversait la pelouse. Blasphémateur !

M. Cochodon s'était fabriqué une barbe blanche de patriarche en coton qui se décollait et s'était affublé d'un genre de toge façon « prophète biblique ». Une cloche de vache à la main, il parcourait le domaine pour annoncer la fin du monde.

— Repentez-vous, pécheurs !

« Ding dong ! », faisait la cloche. Dantry suivit ce spectacle avec perplexité.

— Il va mal finir ! dit quelqu'un derrière lui.

Les cheveux coiffés avec un pétard, Oscar de Fauconnet campait un paranoïaque assez inquiétant. Il croyait le monde rempli d'assassins que la police n'arrêtait pas. À l'en croire, cette clinique même abritait un personnage redoutable, au cerveau agité de pensées diaboliques.

— Arsène Lupin ? supposa Dantry.

— Mais non, quelle idée ! Arsène Lupin navigue en ce moment sur un cargo qui le conduit en Inde, où il compte poursuivre ses aventures à l'abri de l'inspecteur Ganimard. Vous ne lisez pas les journaux ?

— Vous m'en direz tant ! Quel est ce nouveau tueur, alors ? Caserio[1] ? Damiens[2] ?

Fauconnet lui fit signe d'approcher et baissa la voix.

— Yves Rauconnière, mon ami.

— Qui ça ?

— L'étrangleur à la cravate, précisa le paranoïaque.

— Et vous connaissez cet étrangleur à la cravate ? s'étonna Dantry.

— Nous le côtoyons tous, seulement nous ne savons pas qui il est.

Il expliqua que Rauconnière se cachait sûrement parmi les pensionnaires du même âge et de la même corpulence qu'eux deux.

— Il peut donc être n'importe qui, y compris vous et moi, conclut Dantry en dévisageant son interlocuteur.

Ce dernier lui jeta un regard horrifié et s'éloigna, convaincu d'avoir trouvé quelqu'un de plus paranoïaque que lui.

Dantry était ébahi de constater combien il y avait ici d'hommes entre trente et quarante ans, ou bien paraissant davantage mais susceptibles de s'être vieillis par des moyens artificiels communs aux gentlemen cambrioleurs et aux tueurs fous. Lequel d'entre eux était le fugitif, le monstre, l'assassin ?

---

1. Assassin du président Sadi Carnot en 1894.
2. Auteur d'un attentat contre Louis XV en 1757.

Le repas du soir fut servi dans un réfectoire qui devait avoir été le grand salon ou la salle de bal de l'hôtel particulier, au temps où les jeunes filles dansaient joyeusement entre ces murs qui abritaient dorénavant de tristes bonshommes. Le placement libre permit à Dantry de choisir ses commensaux parmi les personnes qu'il désirait interroger discrètement. Les tables étaient dressées de nappes blanches, de vaisselle en porcelaine, de couverts en argent et de cristallerie fine, si bien qu'on se serait cru dans un grand hôtel.

Le nouveau convive fut encore plus surpris de constater que le dîner était à la hauteur de la présentation. Les mets qu'on leur servit ne tenaient nullement de la cantine d'hôpital. Il faisait décidément bon être riche et dérangé en 1905, ces messieurs étaient mieux traités que la plupart des bien portants. La folie ne privait les classes supérieures d'aucune attention délicate. On voyageait ici en wagon de première à travers les territoires sauvages de la démence.

Les menus avaient été imprimés sur une de ces petites machines à encre qu'utilisaient les bureaux les mieux équipés. Marcel Legrand ne leur refusait rien.

Consommé de poule-au-pot
Côte de veau bordelaise
Petits pois à la française
Queue de bœuf en daube
Sole bonne femme
Abricots Bourdaloue
Pêche Melba

Ces recettes évoquaient celles que M. Escoffier imaginait avec un soin gourmand pour réjouir les palais des têtes couronnées. Dantry eut la certitude d'avoir goûté de semblables préparations aux meilleures tables qu'il avait eu l'occasion de fréquenter durant sa vie. Seule la queue de bœuf en daube détonnait, ce plat rustique ne devait pas plaire à tout le monde.

Lucien Dantry avait à sa gauche M. Bouche-Pillou, l'alcoolique bourré de tics. Il s'étonna que ce dernier ne fondît pas sur la bouteille d'un grand cru du Bordelais qui trônait sur la table. Quand il se servit, il constata qu'on avait remplacé le vin par de la grenadine. Son voisin de droite, coiffé d'un chapeau en papier façon « bicorne de Napoléon », n'avait à la bouche que des anecdotes pompeuses sur l'Empereur : c'était l'Almanach 1815 en délire. En revanche, le sujet favori de Bouche-Pillou titrait dans les 13 degrés. L'ayant vu remplir discrètement son verre sous la table, Dantry lui demanda si le portier avait renouvelé ses stocks.

— Certainement pas ! s'écria Bouche-Pillou.

Dans un chuchotement, il déconseilla à Dantry de se fier à ce Bertin Gravier : c'était un menteur, il proposait des services qu'il ne rendait guère. À son avis, cet homme se servait des demandes des pensionnaires naïfs comme prétexte pour se moquer d'eux.

— Pourquoi fait-il donc ça ?

— Parce qu'il est fou ! s'écria, à sa droite, le Napoléon qui perçait sous Bonaparte.

L'homme plus âgé assis en face de Dantry semblait épuisé tant moralement que physiquement.

Symphorien Cotonec était un peu moins délirant que les autres, mais bien plus fatigué. Dantry, qui s'estimait sur le bon chemin pour décrocher un authentique diplôme de médecine, diagnostiqua une dépression aiguë. Ce Cotonec n'acceptait de parler que de peinture, et principalement de la sienne. À l'en croire, il avait en cours un travail dont la réalisation magistrale l'obsédait, ça allait être son grand-œuvre. Quand Dantry lui fit observer qu'il avait taché ses manchettes, le peintre expliqua, un doigt levé vers le ciel, qu'il était descendu directement de son atelier. Son plus grand admirateur, le Dr Legrand, avait eu la générosité de lui accorder toutes les facilités pour exercer son art. Dantry supposa que le directeur testait la « picturothérapie », il imagina ce Cotonec couvrant toute la journée ses toiles de projections colorées qui lui permettaient de se sentir l'égal de Raphaël.

Après le dîner, Cotonec entraîna Dantry vers l'escalier et vérifia qu'il n'y avait aucun infirmier en vue avant de s'y engager.

— Venez, je vais vous montrer. Nous pouvons bien nous éclipser cinq minutes avant de rallier nos chambres.

Dantry n'était qu'à moitié emballé à l'idée de suivre un excité dans son repaire, il se prépara à s'extasier devant des polychromies baveuses sans queue ni tête.

Aussi fut-il fort surpris de découvrir, au milieu d'un atelier d'artiste installé sous la pente du toit, des études classiques à l'imitation de divers styles anciens, finement réalisées dans des tons harmonieux.

Ce qu'il y avait de plus curieux, dans ce grenier des beaux arts, c'était une série de six toiles bien plus modernes accrochées sur un mur. Elles représentaient une même femme vue sous un angle identique, mais peinte chaque fois d'une couleur unique et différente. C'était aussi étrange qu'original.

— Vous n'avez pas su vous décider entre le jaune et le rouge ? demanda Dantry.

— J'ai trouvé que ce serait joli de voir ma nièce en six tons.

Ce visage disait vaguement quelque chose à Dantry, mais il ne put mettre le doigt dessus tout de suite. Ce ne fut qu'une fois de retour dans le couloir des chambres qu'il comprit. Le sextuple portrait représentait la demoiselle de l'accueil, Rosaline Perdrion. Soit le peintre était réellement son oncle, ce qui aurait été bien étonnant car cette clinique s'adressait à des hommes très fortunés, soit ce M. Cotonec était plus atteint qu'il ne le paraissait à première vue, il prenait tous ses modèles pour sa nièce ou s'obnubilait sur des jeunes femmes trop jeunes pour lui.

Dans l'entrebâillement d'une des portes, Dantry aperçut sur un mur l'ombre d'un pendu. S'étant déjà fait prendre une fois au petit jeu morbide de Loissery, il s'attendit à lire le nom de ce dernier sur l'étiquette de la porte, mais ce ne fut pas le cas. Il entra pour voir qui était le mort, mais, pour une fois, on pouvait dire qu'il y avait de la fumée sans feu. Une silhouette de pendu avait été découpée dans du papier noir et déposée sur l'abat-jour de la lampe de chevet afin que la lumière projette une image grandeur nature sur la cloison, ce qui créait un effet « cinéma » horrifique.

Quand Dantry regagna le couloir, Loissery l'attendait un peu plus loin, adossé à un chambranle. L'artiste était apparemment soucieux de surveiller la réaction du spectateur. Celui-ci le catalogua comme voyeur, en plus d'être exhibitionniste.

— Vous faites relâche ? lui demanda-t-il. Pas de suicide après dîner ?

— Mourir me ballonne quand je digère, répondit Loissery.

Il lui proposa d'entrer un moment prendre un verre. Comme la clinique manquait de distraction en soirée, Dantry accepta. Il croyait se voir offrir du jus de pomme, mais ce fut une excellente bouteille de liqueur qui apparut.

— Vous avez du cognac ?

— Je m'approvisionne chez le portier, il est très serviable quand on y met le prix.

Dantry se demanda si ces messieurs allaient continuer de lui dire une chose et son contraire à quelques minutes d'intervalles. Ces séjours en maison de fous étaient très déconcertants. Il chercha à prononcer un toast qui pourrait plaire à son hôte.

— À vos funérailles !

— Ah ! fit Loissery. Il ne faut pas dire ça ! Ça porte malheur !

— Comment ! Vous, un homme qui meurt si souvent !

— Mais on ne m'a jamais enterré, Dieu merci ! Que celui qui est déjà mort me jette la première poignée de terre !

Lucien Dantry prenait un verre avec Lazare ressuscité d'entre les fous.

— Et maintenant, dit son hôte en ramassant les verres, courez vite vous coucher, il ne vous reste plus beaucoup de temps !

Dantry regagna sa chambre en se demandant ce qu'il avait voulu dire. La belle clinique allait-elle se changer en vilain asile au dernier coup de minuit ? Il eut la réponse tandis qu'il se déshabillait : l'éclairage au gaz s'éteignit d'un coup, il dut enfiler son pyjama dans le noir. Il imagina le directeur Legrand, dans sa cave, la main sur le robinet de l'alimentation générale, l'œil rivé sur la trotteuse de sa montre gousset.

Quelle drôle de mission avait-il acceptée là ! Il se voyait coincé dans une sorte de purgatoire peuplé de damnés à mi-chemin entre la raison et la folie, gouvernés par un Dieu tout puissant qui lançait sur eux la lumière ou les ténèbres sans même se donner la peine de dire « *Fiat lux !* ».

Alors qu'il était étendu sous ses couvertures, un léger grincement attira son attention du côté de la porte. Il y voyait juste assez pour comprendre qu'elle était ouverte. Il distingua sur le seuil une silhouette en blouse blanche. Puis plus rien. Il quitta son lit pour appuyer sur la poignée. Rien ne bougea, on l'avait enfermé. Voilà qui n'était pas rassurant. L'usage consistait-il à mettre tous les pensionnaires sous le verrou ? Ou s'était-il trahi à un moment de ses recherches ? Était-il toujours un brillant gentleman sur la piste d'une crapule, ou bien était-il devenu la cible d'un assassin capable de tout ?

Au lieu d'accepter sa réclusion, il s'attaqua résolument à la serrure pour sortir quand même – on est du métier ou on ne l'est pas. Avant de quitter sa chambre, il prit la précaution de s'habiller en noir. Les collants, les chaussons et le pyjama sombres qu'il avait apportés trouvèrent leur utilité. Avec un bonnet sur le crâne, ombre parmi les ombres, il se glissa sans bruit dans le couloir où l'on n'entendait que de vagues ronflements de fous repus.

La clarté de la lune lui fournissait juste assez de lumière pour ne pas heurter les murs. Il descendit l'escalier jusqu'au rez-de-chaussée où se trouvaient les bureaux et pénétra dans celui du directeur avec l'intention de consulter les dossiers des patients. Marcel Legrand avait refusé leur lecture à la police, mais lui n'était pas Ganimard, tous les moyens étaient bons pour empêcher un criminel de nuire.

Ayant ouvert une armoire au hasard, il réprima un cri. Debout devant lui, un squelette d'une blancheur immaculée le dévisageait de ses orbites vides et lui souriait d'un affreux rictus. À bien y regarder, la structure tenait grâce à une multitude de petites vis métalliques. Certains faisaient garder leurs trésors par un chien pourvu de crocs, Legrand avait opté pour un tas d'os sur pied.

La présence du défunt n'empêcha pas le cambrioleur de fouiller dans les fiches des patients. En effectuant un tri par âges et par tailles, il se composa une liste des malades et employés dont les mensurations correspondaient grosso modo à celles de l'homme qu'il cherchait. Une fois éliminés les infirmiers, qui étaient tous trop jeunes, trop vieux, trop petits ou trop grands, il lui restait six postulants à la guillotine : Bouche-Pillou l'alcoolique, Loissery le suicidaire, Gondepierre l'amnésique, Cochodon l'illuminé, et Oscar de Fauconnet le paranoïaque, auxquels il ajouta Bertin Gravier, le portier, dont le comportement était aussi énigmatique que celui de ces messieurs. Il nota tout cela sur un bout de papier qu'il plia en forme d'avion.

Une serrure plus tard, Dantry sortit dans le parc avec mille précautions pour ne pas être repéré. Il frôla les murs, passa de tronc en tronc et atteignit un endroit situé près d'un réverbère planté sur le trottoir. Il était temps d'émettre le signal convenu avec son comparse : le hululement d'un oiseau de nuit dont la présence n'inquiéterait pas les insomniaques. Dantry poussa donc le cri du grand-duc en rut, auquel répondit bientôt le cri de la grande-duchesse dubitative. Il lança son petit avion aussi fort qu'il put et le vit disparaître de l'autre côté.

— Roucoucoucoucou ! fit la grande-duchesse, manifestement plus satisfaite du message que des déclarations sensuelles qui l'avaient précédé.

Dantry regagna sa chambre avec autant de discrétion qu'à l'aller. Il espérait que son complice lui dirait lequel de ces messieurs était un imposteur. Le Dr Legrand devait avoir de gros frais pour alimenter sa table d'hôte, il avait pu accepter de protéger le fugitif en échange d'une forte somme. Examiner les comptes de son établissement aurait été intéressant. La clinique était-elle vraiment rentable ? Ces installations dernier cri dont il était si fier devaient coûter une fortune, sans parler des délires gastronomiques. Marcel Legrand se voyait en bienfaiteur de l'humanité. S'il ne guérissait pas ses patients, du moins leur prodiguait-il tous les plaisirs de bouche imaginables. À cette aune, ses confrères des hôpitaux publics étaient des tortionnaires qu'il fallait enfermer.

Aussi confortable que fût cet établissement, Dantry sentait dans l'air quelque chose d'illogique, sans pourtant arriver à mettre un nom dessus. Cela l'empêchait de goûter en paix aux joies de cette villégiature. « Bah ! se dit-il en se glissant à nouveau entre les draps. Vouloir que tout soit logique dans une clinique de fous, n'est-ce pas le comble de l'illogisme ? » Il chassa ces pensées trop tortueuses pour une heure si tardive. L'air de folie environnant commençait à l'influencer. Toute sa vie, il avait été considéré comme demi-fou au milieu des gens raisonnables, et il avait un peu de mal à se voir le seul sain d'esprit au milieu des déments.

6

La maison du Dr Legrand

Le lendemain était jour d'entraînement façon Tour de France, cette grande compétition pour vélocipédistes inventée deux ans plus tôt, en 1903. En collants, justaucorps et casquette, les patients sillonnaient les allées à bicyclette. Le directeur les y encourageait vivement, l'exercice était salutaire contre toutes les maladies, même les moins visibles : c'était un tour de France des fous entre les chênes du parc. Des compétitions par équipes étaient organisées entre les pensionnaires et les membres du personnel. Marcel Legrand recommandait à ces derniers de gagner ou de perdre selon les effets qu'il désirait étudier sur l'humeur de ses clients. Aussi la frustration ou une joie excessive se succédaient-elles chez ces derniers, pour le plus grand intérêt du docteur, qui prenait des notes.

Bouche-Pillou l'alcoolique pédalait en zigzag, ce qui lui valut aussitôt un examen anti-dopage. Loissery le suicidaire ne tarda pas à finir dans l'étang avec son vélo. Gondepierre l'amnésique croisait généralement le peloton en sens inverse. Cochodon l'illuminé refusa de pédaler, sous prétexte que ces inventions diaboliques contribuaient à pousser l'humanité dans la voie sans retour d'une technologie dont nul ne maîtrisait les conséquences néfastes. La poursuite à vélo eut en revanche un effet merveilleux sur Oscar de Fauconnet, le paranoïaque, qui se mit à pédaler comme un dératé pour semer ses poursuivants. Il aurait remporté toutes les manches sans cette fâcheuse tendance à vouloir s'échapper en dehors du circuit pour mieux lâcher les concurrents lancés à ses trousses. Bertin Gravier, le portier, abaissait une fois sur deux son drapeau sur une ligne d'arrivée où personne n'arrivait.

— N'est-ce pas un peu dangereux, ces sports violents ? s'inquiéta Lucien Dantry.

— J'ai assez de diplômes pour savoir ce que je fais, rétorqua le Dr Legrand.

Dantry laissa ces messieurs à leurs exercices et alla proposer une cigarette à la demoiselle de l'accueil, moins diplômée mais plus sympathique. Rosaline Perdrion avait quelques années de plus que lui et n'était décidément pas une beauté. Son nez busqué était à la fois trop fort et trop long, ses joues s'affaissaient prématurément et elle manquait de menton. Elle était cependant la plus jolie jeune femme parmi eux – les lingères et les cuisinières engagées par Legrand ne pouvaient en aucun cas être jugées accortes ou girondes – et cela suffisait à lui donner une aura. Il y avait aussi un bataillon de femmes de chambre, mais elles ne portaient pas si bien le tablier bleu que Rosaline l'uniforme blanc cintré, agrémenté d'une coiffe d'où s'échappaient des mèches châtaines et bouclées qui donnaient l'impression de se trouver loin des maisons de fous peuplées de déglingués. Dantry en profita pour l'interroger discrètement sous couvert de conversation.

— Nul ne vient jamais voir les prisonniers... pardon, les pensionnaires ?

— Le Dr Legrand n'apprécie pas beaucoup les visites, répondit Rosaline. Il a une théorie sur la thérapie en milieu clos.

— J'ai l'impression qu'il a des théories sur tout, dit Dantry en posant une main sur le genou de l'infirmière.

— Oui, et notamment sur la promiscuité, répondit Rosaline, qui repoussa les doigts baladeurs.

L'entretien s'arrêta là car l'un des patients, en proie à une crise de nerfs, se roulait sur le gazon en piaillant. Marcel Legrand fit signe à Rosaline de s'en occuper. Elle se pencha sur le malade, lui parla doucement, le prit dans ses bras et se mit à le bercer. L'effet calmant ne tarda guère.

La suite du programme comprenait un long discours qu'ils furent priés de suivre de bout en bout, assis sur des chaises un peu raides. Le Dr Legrand appelait cela ses « conférences ». Dantry s'échappa discrètement et en profita pour fureter dans la maison.

Une heure plus tard, alors qu'il errait dans les étages, il surprit une conversation entre le directeur et Symphorien Cotonec, qui montaient vers le grenier où était installé l'atelier de peinture. L'artiste semblait en proie à un dilemme de conscience.

— Mais c'est interdit… dit-il au médecin.

— Seulement si vous les vendez, répondit Legrand sur le ton d'un homme qui sait. Vous ne comptez pas les vendre, je pense ?

— Bien sûr que non !

— Alors tout va bien, tranquillisez-vous. Faites-moi confiance et vous continuerez de progresser sur le chemin de la guérison.

Quand ils croisèrent Dantry sur le palier, le jeune homme eut l'impression qu'ils le suivaient des yeux, comme s'ils s'inquiétaient d'avoir été entendus.

Soucieux de préserver sa couverture, il dut se résigner à subir la douche glacée qui figurait dans son traitement. Elle fut suivie d'un bain de vapeur destiné à lui faire « exsuder » les humeurs bilieuses dont il était censé être envahi. Il fallait s'asseoir dans une grosse boîte dont seule votre tête dépassait. Quand la vapeur soufflée à l'intérieur de la boîte lui procura des sensations très similaires à celles d'un homard ébouillanté vivant, il décida de fuir la fournaise. Hélas, la molette qui verrouillait l'installation avait été poussée sans qu'il s'en aperçoive : pas moyen de s'échapper. Après s'est démené un bon moment, il se résigna à finir cuit à l'étouffée et fit mentalement la liste des choses qu'il aurait aimé faire avant de périr. Dans une demi-conscience, il crut percevoir un pas derrière lui. Il poussa de toutes les forces qui lui restaient et s'effondra hors de la boîte plutôt qu'il n'en sortit. Quand il reprit ses esprits, il était seul dans la petite pièce carrelée, à se demander quelle main anonyme avait débloqué la fermeture *in extremis.*

Cette maison de soins n'était pas de tout repos. L'assassin qu'il traquait l'avait peut-être repéré. Quel était cet allié qui ne voulait pas se faire connaître ? Il avait cru entrer dans un havre de paix et il avait mis le pied dans un nid de frelons.

Au milieu de l'après-midi, il voulut retourner dans les parages du réverbère, mais cela lui fut plus difficile que la première fois. La mine faussement innocente, plusieurs pensionnaires s'obstinaient à converger de ce côté comme si quelque chose les y attirait. Ou comme s'ils se surveillaient les uns les autres. Si ses compagnons de douleur se prenaient pour des gentlemen cambrioleurs, il était fichu !

Quand enfin il put atteindre l'endroit convenu, il imita le chant de la fauvette à tête noire, et un avion en papier franchit le mur pour atterrir à ses pieds. C'était la réponse à sa liste de la veille. Il se hâta de ramasser le pliage mais se figea soudain. Cela bougeait derrière les fourrés. Il eut la certitude d'être espionné. Il décida de cacher le document où il était pour ne pas risquer d'être surpris en sa possession. Il le glissa sous une pierre et rejoignit l'hôtel particulier en sifflotant.

Il arriva devant le perron juste à temps pour voir Rosaline s'en aller d'un pas nerveux, la mine inquiète, chargée d'un grand sac en tissu. Comme il restait un peu de temps avant le dîner, il monta voir Symphorien Cotonec dans son grenier.

Cette fois encore, l'ombre d'un pendu se projetait sur le mur. Mais, cette fois, ce n'était pas un effet d'optique créé par une silhouette de papier sur un abat-jour. Le corps déjà froid du malheureux se balançait lentement au bout de la corde qui le retenait à une poutre par le cou. Les six portraits de femme monochromes que Dantry avait admirés la veille avaient disparu du mur sur lequel se projetait l'ombre du mort.

Ce n'était pas du tout ce que Dantry était venu chercher dans cet établissement. Il avait espéré mettre fin aux activités d'un assassin, non décrocher les cadavres de ses victimes comme des fruits mûrs. Pouvait-il refermer la porte et aller dîner comme si rien ne s'était passé ? Ce n'aurait pas été charitable pour le pauvre Cotonec. Et puis un employé ne manquerait pas de monter voir pourquoi il ne venait pas dîner. Si Dantry avait été vu, il risquait d'être soupçonné. La seule attitude décente consistait à sonner l'alerte au pendu. Puisque Rosaline était partie, il s'adressa au premier infirmier qu'il croisa dans le vestibule et lui signala l'événement :

— Vous avez un pendu.

La nouvelle créa un peu d'agitation mais point de panique. Cotonec était soigné par compassion, parce que son cas intéressait le directeur. Ce n'était pas un hôte fortuné, sa mort était un moindre drame. Les formalités furent expédiées : les suicides dans les maisons de repos étaient, paraît-il, chose courante, et, quand il s'agissait d'établissements feutrés fréquentés par des gens riches, les autorités savaient se faire discrètes.

Le Dr Legrand ne s'attarda pas dans le vestibule pour voir passer le corps recouvert d'un drap que deux infirmiers emportaient sur une civière. Il emmena Dantry dans son cabinet particulier, ferma la porte derrière eux et, quand ils furent assis de part et d'autre du bureau, il s'enquit du résultat de ses recherches.

— Avez-vous reçu des confidences intéressantes de mes patients ?

Dantry n'avait guère surpris que les petits trafics du gardien, qu'il s'efforça de monter en épingle pour se faire valoir, si bien qu'à la fin de son rapport on aurait pu croire qu'il venait de démanteler un réseau d'importation d'opium en provenance d'Afghanistan.

— Il semble donc que j'aie des renseignements plus inquiétants que les vôtres, dit le directeur.

Un peu plus tôt dans la journée, la femme de ménage qui nettoyait la chambre de Gondepierre, l'amnésique, avait découvert sous le lit un gros rouleau de corde. Il prétendait ne pas savoir ce que cet objet faisait chez lui, mais il avait piqué une colère quand on avait décidé de le lui confisquer. Aussi le lui avait-on laissé. L'ennuyeux, c'était que le pauvre Symphorien avait été trouvé pendu avec une corde tout à fait semblable. Et comme Gondepierre affirmait désormais s'être fait voler la sienne, un fâcheux soupçon était né. Non que Legrand doutât vraiment du suicide, mais il aurait aimé savoir comment cette corde avait fini au cou du peintre. Il recommanda par conséquent à Dantry de se concentrer sur Gondepierre. Il devait gagner sa confiance et s'efforcer de lui faire dire s'il avait joué un rôle dans cet affreux décès. Marcel Legrand tenait à savoir ce qui se passait chez lui. Si l'on s'y pendait, il estimait devoir connaître les tenants et aboutissants de ces déplorables décisions. Il n'avait aucune envie de voir une épidémie de ce type décimer des patients qui étaient aussi des amis et des pourvoyeurs de fonds. S'il convenait de transférer Gondepierre dans un établissement muni de barreaux, le plus tôt serait le mieux.

— Je crains que son état ne se soit aggravé, dit Legrand. L'échec de ma thérapeutique serait déjà assez contrariant, je ne voudrais pas essuyer un scandale causé par un individu incontrôlable.

Lorsque la cloche sonna enfin l'appel du dîner, Dantry décida de s'asseoir à la même table que l'alpiniste en chambre atteint d'amnésie. La salle à manger était aussi fastueusement garnie que la veille. Les fous paraissaient moins fous aux heures des repas, peut-être par l'effet de la concentration ou en raison d'un instinct de survie qui leur commandait de se nourrir. À moins que la thérapie « festins de Lucullus » du Dr Legrand n'ait porté ses fruits. L'inconvénient était d'avoir, jour après jour, des patients plus gros et plus gras à maîtriser.

Quand il rejoignit la table où s'était assis Gondepierre, Dantry vit que toutes les chaises étaient occupées. Il se pencha sur Cochodon et murmura à son oreille que la figure de Satan était apparue sur un poulet rôti par les cuisinières. L'illuminé ne manqua pas de se lever pour aller exorciser les volailles à l'intérieur des fours, et Dantry en profita pour prendre sa place.

Hélas, Gondepierre ne saisit aucune des perches qu'il lui lança au cours du repas.

— Mon rêve a toujours été de gravir le mont Blanc, affirma Dantry. L'alpinisme, voilà une aventure qui ne s'épuise jamais !

— Gnark... fit Gondepierre, qui aimait mieux décortiquer son écrevisse que s'extasier sur les joies de l'escalade.

— Oui, bof aussi, dit Dantry, déçu.

Au reste, il avait des projets plus intéressants que de servir d'espion pour le directeur de ce musée des dérèglements mentaux. Ce nouveau dîner lui parut étrange. La qualité des mets était parfaite, mais la même sorte d'abats déparait une fois encore l'élégance du menu.

Consommé d'écrevisses à la provençale
Selle d'agneau à la génoise
Rognons de veau aux cerises et porto
Gratin de pommes de terre dauphinoises
à l'emmental râpé
Perches à la crème aigre
Mont-Blanc aux marrons
Neige de prunes

Il comprit mieux cette incongruité quand il vit, à une autre table, le directeur déguster ses rognons avec un plaisir évident. Marcel Legrand adorait visiblement cette cuisine rustique, il avait dû être élevé à la campagne. Par ailleurs, l'économe et le chef du personnel qui dînaient avec lui se servaient et se resservaient du vin. Dantry en déduisit que leur bouteille ne contenait pas de la grenadine, contrairement à celles des patients.

Le dîner terminé, il monta dans sa chambre, se coucha et attendit l'extinction des feux pour enfoncer son passe-partout dans la serrure de sa porte, qui avait été fermée comme la veille. La nuit était plus profonde, le ciel était couvert. Il retourna à l'endroit du parc où il avait caché le message reçu un peu plus tôt et le consulta à la lumière du lampadaire de la rue qui dépassait du mur d'enceinte. Ce feuillet était froissé, ce dont Dantry n'avait pas souvenir. Il eut l'impression que quelqu'un y avait touché depuis tout à l'heure. Si c'était le cas, pourquoi l'avait-on laissé à sa disposition ? Il eut la certitude qu'un esprit pervers jouait avec lui. Il avait un peu trop oublié que son adversaire était doué d'une intelligence criminelle supérieure. Ils disputaient une partie d'échecs macabre dans un lieu que Dantry ne connaissait pas bien, où il était à la merci de n'importe quel mauvais coup. Il pourchassait un assassin mais se voyait privé de tout moyen de rétorsion, leurs armes n'étaient pas égales.

Il avait sous les yeux le résultat des recherches sur les noms qu'il avait fournis à son correspondant vingt-quatre heures plus tôt. Au moins cet homme n'avait-il pas traîné.

L'adresse que Loissery avait indiquée en entrant en clinique ne correspondait à rien, la rue n'existait pas. En revanche, il y avait un cambrioleur de ce nom dans les fichiers de la police. Bouche-Pillou était un ancien journaliste renvoyé pour alcoolisme. Dans ces conditions, comment pouvait-il s'offrir une cure dans un établissement huppé? Gondepierre l'amnésique avait quitté son emploi de comptable dans des circonstances mal établies. Il avait été soupçonné d'avoir commis des indélicatesses avec certaines sommes passées entre ses mains, mais aucune plainte n'avait été déposée. Au moins, dans son cas, on savait d'où lui venait son argent! Le portier, Bertin Gravier, avait donné l'adresse de sa sœur, ce qui ne menait pas les recherches très loin : il n'avait ni femme, ni enfant, ni domicile. L'adresse fournie par Cochodon était celle d'un modeste hôtel garni. Le patron de cet établissement ignorait quel avait été son métier exact, il le croyait vaguement représentant de commerce. Ce Cochodon pouvait donc être n'importe qui : bandit en fuite ou criminel entre deux forfaits. Oscar de Fauconnet, le paranoïaque, c'était une autre histoire. Son identité était si bien établie qu'elle en paraissait fabriquée. Son curriculum vitae long comme le bras fourmillait de détails aussi précis qu'invérifiables. La famille de Fauconnet affirmait qu'aucun de ses membres ne séjournait actuellement dans une maison de fous, mais ce n'était pas une chose dont on aimait faire la publicité.

L'informateur de Dantry avait joint quelques renseignements sur le bâtiment. Après avoir été un hôtel particulier, il avait abrité un pensionnat de jeunes filles. Trois ans plus tôt, Marcel Legrand avait repris le domaine et ouvert cette clinique de luxe qui ne désemplissait pas, même si les méthodes qu'on y employait paraissaient peu conventionnelles. Quant au docteur lui-même, il avait été très honorablement connu à Lyon avant de tout quitter pour s'installer ici. La fondation de cet établissement de prestige était un projet de longue date, il avait abandonné une clientèle brillante pour mettre en application les recherches de toute une vie.

Tout cela était si joliment parfait que Dantry en venait presque à se demander pourquoi il était venu jouer les serpents dans cet éden où une vingtaine d'Adam en robe de chambre croquaient chaque soir des rognons en guise de pommes. Avec sa fausse adresse, Loissery pouvait être le monstre qu'il cherchait. Mais à ce compte-là, Dantry aurait pu être lui aussi un criminel en rupture de ban : tout ce qu'il avait inscrit sur sa feuille d'embauche n'était qu'inventions d'un bout à l'autre. Si Loissery était bien l'honnête dément qu'il disait être, le comparse de l'autre côté du mur aurait dû trouver davantage d'informations à son propos. Un forcené du faux suicide devait traîner pas mal de scandales après lui. La police aurait dû le ramasser sur les places publiques, sous la tour Eiffel ou au Sacré-Cœur, un poignard planté dans la poitrine ou une corde au cou. À moins que cet homme n'ait changé de nom avant de débuter les soins ?

Et Cochodon ? S'il était assez riche pour s'offrir cette cure, pourquoi avait-il vécu dans une pension miteuse ? Et pourquoi ces messieurs habillés de linge fin tenaient-ils des propos si vulgaires ? Dantry avait cru côtoyer des banquiers ayant pignon sur rue, pas des olibrius qui semblaient sortir de nulle part. Tout comme lui. Il avait cru que la vérité lui sauterait aux yeux comme le mont Blanc, mais en réalité, il cherchait une aiguille dans une botte d'aiguilles. Avaient-ils tous menti sur leur état civil par honte de leur maladie, afin d'épargner leurs proches ? Seulement leurs proches paraissaient vraiment très lointains !

D'un autre côté, il aurait été stupide de la part du fugitif de se forger une fausse identité que quelques télégrammes suffisaient à détruire. Dantry s'était-il trompé en venant ici ? Ou bien Fontenay-aux-Roses était-il le point central d'une épidémie de mensonges, de fausses identités, de noms usurpés, d'adresses imaginaires ? Ces messieurs se prenaient-ils tous pour Arsène Lupin sous leurs dehors farfelus ? Tous ces bonshommes qui se ressemblaient un peu, vêtus à l'identique et pareillement excentriques, lui donnaient l'impression d'enquêter dans un palais des Glaces où son image se reflétait à l'infini.

Il y avait de quoi perdre la raison.

7

Les vertiges de l'aube

De retour dans le couloir des chambres, Lucien Dantry constata que quelque chose bloquait sa porte. Tout juste parvint-il à la pousser suffisamment pour voir qu'un paquet de tissus faisait barrage. En ouvrant davantage, il aperçut une main et devina que ce qu'il avait pris pour un ballot pesant était un corps immobile.

S'il avait été un pensionnaire lambda, sans doute aurait-il avancé la tête dans l'entrebâillement, mais son long entraînement dans les domaines croisés de la criminalité et de la lutte contre le mal éveilla en lui un sixième sens qui lui suggéra de reculer sans tarder. Il le fit au moment où s'abattait devant son nez un objet contondant qui le frôla. Plutôt que de laisser récidiver la brute qui avait tenté de l'estourbir, il referma la porte d'un coup de pied. Il entendit son agresseur donner un tour de clé dans la serrure pour l'empêcher d'entrer.

Tout cela avait fait un certain bruit dans le silence nocturne. Les patients qu'il avait réveillés tambourinaient pour qu'on les libère, ce fut un concert de braillements et de percussions. « Ah ! Enfin une belle ambiance de maison de fous ! », se dit Dantry. Comme l'éclairage au gaz était coupé, tout le monde s'égosillait dans le noir. Nul doute que son agresseur et l'assassin qu'il recherchait n'étaient qu'une seule et même personne. Dantry fit le tour des chambres pour voir qui manquait à l'appel. Après qu'il eut constaté la présence de Fauconnet, de Gondepierre et de Bouche-Pillou, qui exigeaient qu'on leur explique ce qui se passait, Bertin Gravier et un infirmier surgirent avec des lampes à pétrole. Les chambres de Loissery et de Cochodon étaient vides. Dantry en déduisit que c'était là les deux hommes enfermés dans la sienne, l'un sur pied et l'autre assommé. Celui des deux qui tenait encore debout avait de fortes chances d'être le scélérat promis à la guillotine.

Une fois les portes ouvertes, l'exaltation rendit les pensionnaires encore plus irrationnels que d'habitude. Certains voulaient quitter la clinique sur-le-champ, d'autres réclamaient de voir le directeur. Curieusement, aucun ne se plaignait d'avoir été réveillé en pleine nuit, ce qui aurait été le réflexe normal d'un hôte habitué des palaces.

Le Dr Legrand finit par les rejoindre, en chemise et bonnet de nuit, une chandelle à la main, et se fit expliquer la raison de ce vacarme. Le portier lui résuma ce qu'il avait compris : M. Dantry avait été attaqué par un inconnu à présent retranché dans sa chambre en compagnie d'un blessé. Le directeur ordonna à Bertin Gravier de garder cette porte et descendit alerter le commissariat.

Le temps de faire démarrer à la manivelle un fourgon qui n'était pas d'une rapidité formidable, la police arriva une trentaine de minutes plus tard. Marcel Legrand introduisit sa clé dans la serrure, et deux infirmiers poussèrent pour dégager le corps qui bloquait toujours.

C'était celui de Loissery, l'homme aux suicides démonstratifs.

— Tiens, il ne fait plus semblant, commenta Dantry.

On l'avait étranglé à l'aide d'une cravate enroulée autour de son cou. L'armoire et le lit furent fouillés sans qu'on pût découvrir quiconque. Les regards se tournèrent vers l'occupant de la chambre, qui venait de raconter une histoire tout à fait à l'image du lieu où ils se trouvaient.

— L'assassin a dû sauter par la fenêtre ! dit Dantry.

Certes, la fenêtre était ouverte, mais nul n'aurait pu sauter de si haut sans se briser les jambes.

— Il devait avoir une échelle ! affirma Dantry.

Le sol était trop loin et il faisait trop sombre pour qu'on pût en juger. Un policier descendit voir tandis que ses collègues gardaient le suspect à l'œil.

Dès que le gaz fut rétabli, les patients se regroupèrent dans les salons bien éclairés du rez-de-chaussée et refusèrent de regagner des chambres où l'on se faisait étrangler par des tueurs volants. Ils sommèrent au contraire la direction de leur faire servir des alcools pour les aider à se remettre – c'était la première fois depuis son admission que Dantry les voyait avoir une réaction conforme aux us et coutumes de la haute société. Enfin ils se montraient odieux et impérieux ! Il avait fallu un meurtre pour que les choses reprennent leur ordre naturel ! Marcel Legrand abdiqua immédiatement et donna l'autorisation de puiser dans son bar personnel. Les alcooliques devraient se contenter de cigares : au moins le tabac n'était-il pas nocif pour la santé, tout le monde savait cela.

Enveloppés dans des couvertures, les pensionnaires restèrent boire et fumer dans les salons jusqu'au lever du jour. Nul ne souhaitait se mettre à la merci d'un invisible assassin capable de traverser les murs. Le paranoïaque fit une petite crise d'angoisse tandis que le manque poussait l'alcoolique à parler sans cesse. Nul ne dormait, la maison bruissait des allées et venues du personnel. De nouveaux policiers se présentaient à tout instant. Des infirmiers se chargèrent d'emporter le deuxième cadavre de ces dernières vingt-quatre heures. Les questions fusaient et, de temps en temps, quelqu'un poussait un cri.

Les premiers policiers avaient appelé leurs collègues à la rescousse, ceux-ci avaient réveillé le commissaire, qui avait averti les services parisiens. Ce fut bientôt, dans la cour de l'ancien hôtel particulier, un encombrement de voitures et de fourgons.

Dantry se retrouva au centre de l'attention, ce qui n'avait jamais fait partie de ses plans. Tout le monde voulait savoir par quel mystère il n'était pas dans sa chambre au moment où un meurtre y était commis. Aucune échelle n'avait été trouvée dans les parages, et l'histoire de l'assassin passe-muraille faisait froncer les sourcils aux autorités. Le jeune homme attendit que le gendarme chargé de le surveiller se verse une tasse de café pour faire ses confidences au Dr Legrand. Il lui raconta qu'il était détective et qu'il traquait l'insaisissable Arsène Lupin. Il ne fallait pas en parler : seules les plus hautes instances policières étaient au courant, les gardiens de la paix qui grouillaient autour d'eux n'en savaient rien.

— Je comprends, dit gravement le médecin, qui avait l'air de s'interroger sur la santé mentale de son nouvel employé. Le mieux serait de ne rien dire à personne, alors.

Que ce Dantry dise la vérité ou qu'il soit le résident le plus atteint de cet établissement, Legrand était fâché contre lui-même de s'être laissé berner. Mieux valait cacher à ses patients qu'il avait permis à un espion ou à un malade non homologué de s'introduire dans leur petit cénacle de respectables névrosés.

— Tant que vous n'êtes pas envoyé par mes collègues de Vienne, il n'y a pas trop de mal, répondit-il. J'étudierai les prochains postulants avec plus d'attention lors des recrutements, voilà tout.

Il affirma en outre que, à sa connaissance, aucun Lupin ne se cachait dans son établissement.

— J'y suis bien, moi ! dit Dantry avec ce sourire de triomphe qui le rendait irritant.

De fait, Marcel Legrand jugeait ce détective contrariant. Il voulut bien lui promettre sa collaboration, mais il aurait préféré être mis au courant tout de suite.

— Auriez-vous donné votre autorisation ? demanda Dantry.

— Non, c'est pour ça que j'aurais aimé être averti.

Dès que le jour parut, les messieurs en uniforme parcoururent le domaine à la recherche de l'assassin. Les pensionnaires furent priés de ne pas chercher à s'en aller et de conserver leur tenue de nuit pour rester identifiables. Il n'y avait donc là que des hommes en robes de chambre, d'autres en blouses médicales, et les derniers en uniformes bleus à boutons argentés. Ce petit univers à part n'était pas idéal pour aider les esprits faibles à rallier la réalité.

À défaut d'une échelle, on découvrit sur le mur d'enceinte un drap qui évoquait la pseudo-toge dont s'enveloppait Cochodon. On en conclut que l'illuminé avait sauté par la fenêtre de la chambre avant de franchir le mur, ce qui faisait de lui un as de la grimpette. À moins qu'il n'ait réellement été soulevé par le souffle divin, auquel cas il avait peut-être lévité.

Lucien Dantry observa la façade du bâtiment. Ça faisait un sacré saut. Comment s'y était-il pris ? Il fallait être un kangourou ou une grenouille !

— Un monte-en-l'air ! ricana sur le perron l'inspecteur tout juste arrivé de Paris, à qui l'on résumait les faits.

« Ah ! Ganimard ! se dit Dantry. Tout va aller beaucoup mieux, la cavalerie est là ! »

Justin Ganimard ne fut pas long à livrer son analyse. Cochodon était Lupin. Il leur avait glissé entre les doigts, comme d'habitude.

— Ciel ! s'exclama le directeur. Je ne peux le croire ! Un homme qui avait l'air si honnêtement dérangé ! Il me parlait de l'apocalypse avec tant de conviction ! Jamais je n'avais vu un si beau syndrome de Dupont-Wiezberg ! À qui se fier !

— Lupin est connu pour potasser ses sujets, vous savez, rétorqua Ganimard sur le ton d'un homme qui a longtemps potassé son Lupin.

Lucien Dantry n'était pas sûr, quant à lui, que Cochodon fût bien le délinquant tentaculaire qu'il poursuivait. Il espérait que non, car, dans ce cas, sa proie lui avait échappé.

Ganimard le prit sous le bras et l'entraîna dans le bureau de la direction.

— Venez par ici, vous. Vous allez m'expliquer ce que je ne comprends pas.

— Vous avez la semaine, inspecteur ? répondit le jeune homme.

Dantry prétendit s'être absenté de sa chambre parce qu'il aimait marcher seul, la nuit, dans les bois. Le Dr Legrand donna à cette manie un nom savant qui conféra à cette activité une onction scientifique et grecque.

— Nyctapéripédie compulsive. J'ai déjà eu plusieurs patients atteints de ce mal. Tous des nyctapéripathétiques.

— Vous les avez guéris ?

— Non, mais je leur ai trouvé de bonnes places de veilleurs de nuit, ça les aide à rembourser les soins.

Les policiers avaient eu beau passer la clinique au peigne fin, Cochodon n'était nulle part. Il fut officiellement déclaré en fuite.

En son for intérieur, Lucien Dantry pensait que l'imposteur s'en était pris à lui parce qu'il se sentait menacé. Quelle erreur avait-il pu commettre ? À quel moment s'était-il trahi ? En tout cas, l'humeur calamiteuse de Cochodon s'expliquait mieux : c'était un homme traqué, irascible, qui ne voyait que le meurtre comme remède à ses problèmes avec le reste de l'humanité ; tout à fait l'idée qu'il se faisait du bonhomme.

Comme il n'était pas encore en état d'arrestation, il s'en fut prendre une collation avec les autres dans la verrière. Le personnel avait mis à leur disposition du café, du thé et de la chicorée. Oscar de Fauconnet empilait des biscottes sur une petite assiette en jetant autour de lui des regards soupçonneux.

— Ne vous retournez pas, dit le paranoïaque. Faites comme si de rien n'était. Nous sommes surveillés.

— Oui, comme d'habitude, répondit Dantry en se servant une tasse.

— Mais maintenant ça dézingue à tout va ! À votre avis, que faisait Loissery dans votre chambre ?

— J'aimerais bien le savoir.

— Eh bien, moi, je le sais. Il vous espionnait. Il fouillait vos affaires. Du coup, l'assassin l'a pris pour vous. Il a dû entrer pendant que Loissery était penché sur votre valise et l'a étranglé par derrière.

Dantry eut un frisson d'horreur. L'hypothèse de Fauconnet se tenait. Cet assassin n'était-il pas précisément en train de lui parler, armé d'un couteau à beurre ?

Cela n'expliquait pas pourquoi Loissery avait donné une fausse adresse, à son arrivée dans la clinique. Mentir ne conduisait pas forcément à devenir un assassin, Dantry en savait quelque chose, mais si quelqu'un décidait de tuer tous les menteurs qui vivaient ici, l'enquêteur allait figurer en tête de liste.

Une conversation entre deux autres pensionnaires en train de manger attira son attention.

— Dis donc, mon pote, ça pue le coup fourré, non? dit Bouche-Pillou, qui était censé diriger plusieurs sociétés cotées en bourse.

— Tu l'as dit bouffi! répondit Gondepierre, un armateur retiré des bateaux. À la première occasion je mets les bouts!

L'amnésique avait subitement tout à fait l'air de savoir où il en était. Quant à l'alcoolique, ses mains ne tremblaient plus et toute trace de couperose s'était effacée de son teint. Tout en piochant dans le sucrier, Dantry se sentit aussi déconcerté qu'Alice invitée au thé du chapelier fou et du lièvre de Mars. Il s'attendait à voir une marmotte émerger de la théière.

— Vous êtes-vous demandé comment ces messieurs ont trouvé de quoi se faire soigner dans une institution si coûteuse? murmura Fauconnet. Bouche-Pillou était livreur de charbon et Gondepierre représentant en parapluies! Moi aussi, j'ai fait ma petite enquête, monsieur Dantry.

— Mais c'est fou! Cela n'a aucun sens!

— Je ne vous le fais pas dire, renchérit le paranoïaque. Nous jouons ici, sans le savoir une partie d'échecs, et il y a déjà plusieurs pions de pris. Si nous ne jouons pas plus finement, notre adversaire va nous renverser l'échiquier sur la tête.

— Vous croyez que Cochodon est toujours dans le coin ?

— Ah, ça, oui, n'en doutez pas.

— Dans ce cas, pourquoi la police ne l'a-t-elle pas repéré ? Tout le domaine a été passé au peigne fin !

Fauconnet soupira.

— La police n'a pas cherché comme elle le devrait. Imaginez que je vienne de tuer Loissery par erreur et que je veuille néanmoins rester ici, que ferais-je, à votre avis ?

— Vous tâcheriez de détourner les soupçons sur quelqu'un d'autre...

— Bravo. Vous ferez un bon détective, un jour. Repartez de cette idée et vous dénicherez Cochodon.

Après être resté songeur quelques instants, Dantry se retourna pour poser une question.

— Voulez-vous dire que...

Sa phrase resta en suspens, il n'y avait plus personne, Fauconnet s'était effacé sans bruit, il n'était pas dans la pièce, il n'y avait sous la verrière que des messieurs en robes de chambre qui se disputaient des fonds de tasses et des bouts de croissants.

La pensée qui était venue à Dantry était complètement folle. Elle était donc parfaitement en accord avec ce lieu fantasque. Il avait une idée pour mettre la main sur le fugitif.

Campé dans le vestibule, dont il avait fait son quartier général, Ganimard criblait d'ordres la piétaille environnante, comme un militaire persuadé qu'agiter du vent dissimulerait son absence de stratégie.

— Inspecteur, je crois savoir où est Cochodon, déclara Dantry.

— Vous savez où il s'est enfui ?

— Il ne s'est pas enfui, il est tout près.

— Fichez-moi la paix ! lui lança le policier. Il n'y a pas un centimètre carré que nous n'ayons exploré, depuis la cave jusqu'au grenier !

— Vous n'avez pas vérifié le parc.

— Si, j'ai vérifié le parc ! Nous avons examiné les arbres un par un ! Je connaîtrai bientôt chaque essence par son nom latin ! Je peux dire combien il y a de nids et d'écureuils ! Cet endroit est aussi dépourvu d'assassin qu'Arsène Lupin d'éthique !

— Permettez-moi de vous montrer que l'assassin est toujours parmi nous, inspecteur.

Il l'emmena faire un tour dehors et finit par repérer un endroit où la terre était meuble. Elle avait été retournée sur une longueur d'environ deux mètres.

— Il faut creuser ici, inspecteur.

Ganimard réclama des pelles. Les outils arrivèrent en même temps que le directeur.

— Avez-vous fait enfouir quelque chose ici, récemment ? demanda le policier. Un chien, par exemple ?

— Nous n'avons pas d'animaux, répondit Marcel Legrand en posant un œil inquiet sur le petit tumulus. J'ai lu un ouvrage intéressant sur l'animathérapie, mais je n'ai pas encore...

— Creusez ! ordonna Ganimard à ses troupes.

Il ne leur fallut pas longtemps pour constater qu'ils se tenaient au bord d'une tombe, que cette tombe contenait un cadavre tout frais, et que ce cadavre était celui de Cochodon, en costume de prophète, encore plus raide et inquiétant qu'il avait pu l'être de son vivant.

8

Le syndrome de Lazare

Ganimard se tourna vers son informateur providentiel.

— Comment avez-vous fait ? demanda-t-il sur un ton de procureur. Comment saviez-vous que ce cadavre était là ?

— Vous n'avez pas trouvé Cochodon parce que vous cherchiez un homme vivant, inspecteur. Les morts n'ont pas besoin de respirer, ils peuvent se cacher sous terre.

Le regard que lui lança le policier suggérait que l'explication n'avait dédouané Dantry d'aucun soupçon. On venait de nettoyer le visage à l'aide d'un chiffon.

— Je le reconnais, dit le directeur, c'est bien Cochodon. Quelle catastrophe pour notre établissement ! Deux meurtres ! Je vais être la risée de mes confrères !

Ganimard tenait entre ses doigts la fausse barbe et les faux cheveux blancs qui avaient permis à l'illuminé de se grimer en prophète.

— Saviez-vous qu'il portait un déguisement ?

— Oui, inspecteur. Nous encourageons nos patients à vivre leur névrose, cela nous aide à la cerner.

— Eh bien, on peut dire que l'un d'eux l'a vécue jusqu'à la fin ! s'exclama Ganimard.

Devait-il considérer qu'Arsène Lupin gisait sous leurs yeux ? Ou au contraire que le gentleman cambrioleur avait été le bourreau de ce malheureux ? Pourquoi cette avalanche de cadavres ? Cette épidémie d'assassinats ? Qu'est-ce que c'était que cet abattoir breveté « clinique » ? Le policier aurait aimé pouvoir se dire une fois pour toutes que son ennemi personnel avait terminé sa carrière dans ce trou, mais son instinct lui conseillait de ne pas crier victoire si vite : il s'y était déjà laissé prendre. Et puis ce Dantry lui paraissait de plus en plus douteux. Quelque chose ne collait pas dans son attitude. Il venait de résoudre une énigme au nez du meilleur inspecteur de la Sûreté, ce prétendu exploit ne pouvait avoir qu'une seule signification : il avait triché, il leur mentait, il en savait plus long qu'il n'avait bien voulu l'avouer. Dantry était au centre de tous ces crimes, on avait ramassé deux corps dans son sillage, c'était assez pour monopoliser l'attention des forces de l'ordre.

— Nous avons à causer, vous et moi, dit Ganimard en lâchant l'ancien suspect mort pour le suspect encore vivant.

— J'allais vous le proposer, répondit Dantry, qu'on entraînait vers le bureau du directeur pour une petite discussion virile.

À l'intérieur de l'hôtel particulier, tout le monde avait entrepris de se disputer avec éclats de voix et gesticulations. Si l'on en croyait la rumeur, un autre patient venait d'être trucidé. L'information jetait le trouble, et pas seulement chez les paranoïaques. Le choc causé par ces décès successifs semblait leur avoir rendu la raison. Plus trace de leurs petites manies : une puissante pulsion de fuite les avait toutes remplacées, ils ne songeaient qu'à quitter le domaine. Ganimard dressa le rempart de son corps entre la grille et eux.

— Personne ne sort tant que je n'aurai pas appréhendé Lupin !

Les pensionnaires échangèrent des regards ébahis.

— Commissaire, dit l'amnésique sur un ton calme et posé, je puis vous assurer qu'aucun de nous ne se prend pour Arsène Lupin !

— C'est « inspecteur », pas « commissaire », corrigea Ganimard. Mes mérites ne m'ont pas encore valu cet avancement.

On devinait bien pourquoi.

L'inspecteur voulut s'enfermer dans le bureau avec Dantry pour avoir une explication franche, mais il ne put empêcher le directeur de les rejoindre, et ce dernier fut suivi de près par les plus énervés des pensionnaires, qui n'étaient pas d'humeur à servir de cibles à un assassin déchaîné.

— Vous, fichez-moi le camp ! ordonna Ganimard, le doigt pointé sur les intrus. Et vous, dit-il à Dantry, je vous donne dix secondes pour m'expliquer ce qui se passe ici !

Dantry vit Marcel Legrand passer de l'autre côté de son bureau et ouvrir un tiroir.

— C'est simple, répondit-il vivement. M. Bouche-Pillou, que voici, ajouta-t-il en désignant l'alcoolique, s'est fait admettre ici pour y trouver refuge. C'est un tueur recherché par la justice. Il a assassiné MM. Loissery et Cochodon qui l'avaient démasqué.

Tandis que Bouche-Pillou levait les bras au ciel en protestant de son innocence, Dantry vit Legrand refermer le tiroir qu'il avait ouvert. Le directeur semblait heureusement surpris par la révélation qu'il venait d'entendre.

— Tout s'explique... dit l'aliéniste.

— Cet homme a perdu l'esprit ! clama Bouche-Pillou. Je ne suis ni fou ni assassin, je travaille pour le docteur ! Comme assistant !

Cette déclaration suscita l'accablement. Ganimard avait cru mettre la main sur Arsène Lupin, et il se retrouvait avec un fou qui se prenait pour un infirmier.

— Son cas est plus grave que je ne l'avais cru, dit Legrand en cherchant de quoi allumer sa pipe.

Profitant de ce que le médecin avait les mains prises par son briquet et par sa pipe, Dantry ouvrit le tiroir et en retira un pistolet. Après un instant de stupeur, Legrand se rua vers la sortie.

— Arrêtez-le ! cria Dantry. C'est lui l'assassin !

— Encore un ? demanda Ganimard. Combien y en a-t-il, dans cette maison ? C'est pire que la Santé, ici !

Le groupe compact des patients gêna Legrand pour accéder à la porte. Dantry confia le pistolet à

Ganimard et força le directeur à s'asseoir dans l'un de ses fauteuils.

— Lâchez-moi ! exigea Legrand. Cet homme a perdu l'esprit !

— L'assassin qui s'est enfermé dans ma chambre a fait jouer la serrure, il avait donc la clé. Il appartenait au personnel soignant.

— Loissery est entré dans votre chambre avant son assassin, dit Legrand, il avait donc la clé, lui aussi !

— Il n'en avait pas besoin. J'avais laissé ma porte déverrouillée pour ne pas avoir à la rouvrir. Par ailleurs M. Loissery était cambrioleur, dans le civil, il savait sûrement se servir d'un fil de fer pour débloquer une serrure.

— Tous mes employés ont accès aux clés !

— Je ne crois pas, non. Le premier soir, je vous ai vu sur le seuil de ma chambre, juste avant que vous ne m'enfermiez. Vous faites vous-même la tournée des serrures. Vous avez la folie du contrôle, docteur. Mais il n'y a pas que ça.

Il alla ouvrir l'armoire au squelette.

— Messieurs, permettez-moi de vous présenter le vrai Marcel Legrand !

Chacun était encore sous le choc quand il revint au directeur pour lui arracher sa barbe et ses faux cheveux blancs.

— Et voici son assassin : Yves Rauconnière ! L'étrangleur à la cravate !

Sans ses postiches, ils avaient devant eux un homme d'une trentaine d'années affublé d'un maquillage qui lui jaunissait le teint.

— Vous n'êtes qu'un sale petit détective ! s'écria Rauconnière.

— Pardon, je suis un sale petit officier de police. Je travaille à la Sûreté depuis cinq ans !

— Oui, oui, dit Ganimard, qui n'en était pas si convaincu.

— Permettez-moi de vous offrir un assassin sur un plateau ! dit Dantry.

L'inspecteur avait la mine d'un végétarien à qui l'on sert du boudin noir.

— Peut-être, mais ce n'est pas ce que j'avais commandé.

Pour l'heure, il était tenté d'arrêter les deux : le directeur aux postiches et le détective aux déductions mirobolantes.

— Je suis navré, mais je n'ai pas trouvé trace de Lupin, dit Dantry. En revanche, je pense qu'Yves Rauconnière a tué le Dr Legrand à Lyon avant de venir ici ouvrir cette clinique.

— Qu'est-ce qui vous prend de mêler Rauconnière à cette histoire ? s'étonna Ganimard. Il est mort il y a trois ans ! Dans l'incendie de son asile, si je me souviens bien !

— Oui. Un asile, un assassin qui endosse l'identité des morts... Cela ne vous évoque-t-il pas ce qui se passe ici ? Je pense que Rauconnière s'est rendu compte qu'on avait fouillé ses dossiers, or j'étais le dernier arrivé. Il a senti le danger. Il aurait pu fuir, mais il a voulu tenter de sauver sa clinique en m'éliminant. Il m'a coincé dans le bain de vapeur, mais quelqu'un m'a sauvé *in extremis*. Il a tué Cochodon et enterré le cadavre afin de faire porter les soupçons sur ce malheureux. Il a déposé un drap sur le mur d'enceinte pour faire croire que Cochodon s'était échappé. Puis il est allé me tuer dans ma chambre. Malheureusement, il m'a confondu avec Loissery qui venait fouiller mes affaires pour une raison que j'expliquerai plus tard. Puis il m'a raté et s'est enfermé chez moi.

— Et il s'est envolé par la fenêtre ? poursuivit Ganimard.

— Non. Pour quitter ma chambre, il n'a pas eu à sauter : la sienne est juste au-dessus. Il a dû utiliser une échelle de corde au retour comme à l'aller. On la trouvera certainement sous son lit. Je crois que j'ai commis plusieurs erreurs. Par exemple, j'ai suggéré à Bertin Gravier de me fournir des pompes à air. Je pense que le directeur avait ordonné à Gravier de l'informer de toutes les demandes qui lui étaient faites, afin d'alimenter ses notes. Rauconnière a dû trouver bizarre que je ne lui rapporte pas l'apparition des pompes dans mes bagages alors que j'étais censé travailler pour lui. En outre, le pistolet qu'il conservait dans son tiroir est à moi, je l'avais caché dans le double-fond de ma valise.

Si Dantry était ostensiblement fier d'avoir arrêté un dangereux assassin, Ganimard se montrait moins satisfait que suspicieux.

— Et Lupin, dans tout ça ?

— Il me paraît moins redoutable que ce monsieur, inspecteur.

— Oui, oui, c'est cela, répéta Ganimard.

Une paire de menottes apparut soudain entre ses mains, il les referma sur les poignets du détective.

— Arsène Lupin ! Je te tiens ! cria-t-il.

— Vous feriez mieux de passer ces menottes à Rauconnière, dit Dantry.

— Reste à prouver que c'est bien lui ! Qu'est-ce qui vous a pris de sortir ce nom de votre chapeau ?

— Un des pensionnaires m'a aiguillé deux fois sur la bonne voie, répondit Dantry. D'abord en me parlant de Rauconnière, ensuite en suggérant que Cochodon était enterré dans le parc.

Un affreux doute naquit dans l'esprit de Ganimard.

— Quel pensionnaire ?

— Il s'appelle Oscar de Fauconnet.

Ganimard se reprit, il était encore en train de se faire manipuler par son meilleur ennemi.

— Voilà une ruse de trop, Lupin. Tu ne m'auras pas, cette fois !

L'un de ses subordonnés jugea nécessaire de se mêler à la conversation.

— Excusez-moi, monsieur l'inspecteur, mais cet homme est bien Lucien Dantry, je le reconnais parfaitement, nous avons travaillé ensemble au Quai.

Ganimard tira sur la fine moustache et sur les cheveux châtains de Dantry, qui tinrent bon. Après l'avoir examiné de près, il décida de lui faire passer un test.

— Il y a quelques jours, j'ai désigné un jeune auxiliaire nommé Dantry, que je ne connaissais pas. Je l'ai choisi parce qu'il avait la tête du rôle. Je l'ai chargé de se faire engager à la clinique Legrand pour y débusquer Arsène Lupin. Aujourd'hui, j'apprends que Dantry est lui-même devenu un patient, ce qui est très bizarre. Ce patient ressemble à Dantry, mais l'histoire m'a appris à être prudent. Si vous êtes bien Dantry, pouvez-vous me dire où a eu lieu notre dernier entretien ?

— Sur le pont Saint-Michel, inspecteur. Vous vouliez être sûr d'échapper aux oreilles indiscrètes.

« Misère ! » pensa Ganimard avant d'ôter les menottes. S'il admettait que Dantry était bien Dantry, il devait aussi admettre que Marcel Legrand était bien Yves Rauconnière et que Lupin lui avait échappé une fois encore malgré tous ses efforts.

— Rappelez-moi qui vous a donné l'idée que Rauconnière se cachait ici ?

— Oscar de Fauconnet.

— Et pour la tombe de Cochodon ?

— Encore Fauconnet.

Ganimard regarda les policiers et les pensionnaires effarés qui les entouraient.

— Où est-il, ce Fauconnet ? Trouvez-moi Fauconnet !

La maison fut à nouveau fouillée, mais il n'était nulle part.

— C'est un paranoïaque, dit un infirmier, vos cris l'auront fait fuir.

— Les criminels sont les seules personnes que je fais fuir ! rugit Ganimard.

Il avait l'impression d'avoir retrouvé la piste de Lupin et de se réveiller trop tard.

— Fauconnet ! Je veux Fauconnet ! Cherchez-le tous ! Qu'il ne vous échappe pas ! Priez pour qu'on le retrouve ! ajouta-t-il à l'intention de Dantry. Si j'ai manqué Lupin par votre faute… je vous brise !

— Et si Fauconnet est bien Fauconnet ?

— Dans ce cas, c'est vous qui êtes Lupin !

Dans les deux cas Dantry était perdu. Rauconnière ricanait dans son fauteuil.

— Si j'étais encore à la tête de cette clinique, je ferais un rabais à monsieur l'inspecteur.

Le salon, où quelques patients s'alcoolisaient malgré l'heure matinale, ne contenait point de Fauconnet. Il s'était esquivé pendant l'explication finale, il n'avait pas cru devoir rester pour cueillir les lauriers de sa gloire. Plus Ganimard se sentait floué, plus il s'en prenait à Lucien Dantry.

— Coupable ! Vous êtes coupable ! C'est de votre faute ! Je vous ferai envoyer au bagne !

— Je ne suis pas Lupin, j'ai été manipulé par Lupin !

— Raison de plus ! Hors de ma vue, le forçat !

Un policier tenait un petit rectangle de carton blanc.

— Nous avons trouvé ceci dans la chambre de ce Fauconnet.

Ganimard poussa un gémissement de bête touchée à mort.

— Une carte de visite d'Arsène Lupin !

— Il a écrit dessus un mot gentil à votre intention, inspecteur.

— Un mot gentil ?

On pouvait lire au revers de la carte : « Pour mon vieil ami Justin Ganimard. » Le destinataire du mot gentil aurait mangé la carte si elle n'avait pas été une pièce à conviction.

— Et pour mon avancement ? dit Dantry.

Ganimard froissa machinalement la pièce à conviction entre ses doigts.

— Vous avez échoué ! Imbécile ! Allez faire la circulation !

Cela lui donna l'idée de lancer ses hommes à travers les rues de Fontenay-aux-Roses à la recherche du fuyard. Aucune voiture n'était garée devant la clinique à leur arrivée. Lupin avait dû être pris au dépourvu par la résolution de cette affaire. S'il était parti à pied, il ne pouvait pas être bien loin.

La police faisait face à un deuxième problème : la clinique se retrouvait sans directeur. Que faire des fous qui l'habitaient ?

— Ah, mais vous n'avez pas encore compris la subtilité de toute cette affaire, dit Dantry. Cette clinique n'a jamais abrité le moindre fou !

Sous la verrière, les patients exigeaient leur libération sur un ton de députés outragés dont on bafoue l'immunité. Dantry réclama l'attention générale.

— Qui d'entre vous avait été engagé pour surveiller les autres ?

Une main se leva timidement. Puis une autre. Puis toutes. Les pensionnaires échangeaient des regards gênés.

— Mais c'est fou ! s'écria Ganimard.

— Vous l'avez dit, inspecteur. Maintenant que le directeur n'est plus là pour les payer, vous verrez qu'aucun d'entre eux ne voudra plus passer pour fou.

— N'est-ce pas le propre des fous ? demanda Ganimard.

— Je ne sais pas, inspecteur. Êtes-vous fou ?

— Bien sûr que non !

— Je ne vais pas vous faire enfermer pour autant. Rauconnière devait avoir de sérieux besoins d'argent : au lieu d'en recevoir de ses clients, c'était lui qui leur en donnait !

— Il payait ses fous ?

— Bien sûr ! Si Loissery est venu fouiller ma chambre, c'est parce qu'il espionnait ses compères pour le compte de Legrand. Et la meilleure, c'est que j'avais été prié de faire de même.

— Vous voulez dire que Legrand l'avait engagé comme vous pour surveiller les autres ?

De l'avis de Dantry, le directeur était le seul fou de sa clinique. Aucun des patients dont il avait étudié le dossier n'avait les moyens de s'offrir un séjour ici. Ils étaient plutôt du genre à accepter n'importe quel emploi. Legrand les avait recrutés par le même genre d'annonce qui lui avait amené la police et peut-être aussi Lupin. Il régnait sur son petit royaume peuplé d'une vingtaine d'hommes sains d'esprit qui s'épiaient mutuellement sous la houlette d'un fou. Et il prenait des notes pour des livres qui auraient été des chefs-d'œuvre de dinguerie. Tandis que chacun jouait au fou pour tromper les autres, lui jouait les sains d'esprit en étudiant ceux dont il avait fait ses jouets.

Après avoir examiné le contenu des tiroirs du faux Marcel Legrand, Ganimard s'aperçut qu'il y avait quelque chose de pire que d'avoir échoué à arrêter Lupin. L'arrestation d'Yves Rauconnière jetait une lumière nouvelle sur l'affaire de la fausse agence bancaire. Le cabinet de travail contenait des documents au nom d'un certain Théophraste Vroms, diamantaire belge. Ganimard se rappelait ce nom : c'était la seule victime de l'escroquerie qui n'était jamais venue porter plainte. Et pour cause : le diamantaire n'existait pas ! Il y avait aussi des bons du Trésor assez bien imités. Si Rauconnière était allé à cette fausse agence déguisé en bijoutier, il avait pu y rencontrer la complice de Lupin, cette Jacinthe qu'on avait retrouvée étranglée le lendemain à Ménilmontant... Étranglée avec une cravate bleue ! Aux yeux du public, le tueur à la cravate constituerait un coupable bien plus plausible qu'un gentleman cambrioleur. Ganimard en était sûr, à présent : ce Rauconnière avait ressuscité d'entre les morts pour le contrarier !

Tandis qu'il regardait par la fenêtre d'un œil morne, il vit un fourgon conduit par un homme en uniforme franchir lentement l'entrée du parc. C'était sans doute le véhicule qui emmenait Rauconnière au dépôt. La voiture venait de disparaître quand un policier vint le prévenir qu'on avait trouvé un autre cadavre.

— Encore ? Qui est-ce, cette fois ?

Le policier l'ignorait, mais le mort portait une blouse de médecin.

Le corps que Ganimard découvrit sur le sol en ciment du garage portait une barbe et des cheveux blancs. C'était Marcel Legrand alias Rauconnière ! Il avait été étranglé avec une cravate bleue !

— Lupin s'est vengé ! s'écria l'inspecteur. Il a assassiné le tueur avant de filer !

Mais alors, qui était donc dans le fourgon qui venait de partir ? Ganimard eut un doute. Il regarda le cadavre de plus près. Quand il eut ôté la barbe et les cheveux, ses hommes reconnurent avec horreur le gardien de la paix chargé d'emmener le tueur. Il avait été étranglé avec sa propre cravate !

À la faveur de la confusion causée par la chasse au Lupin, Rauconnière avait réussi à leur fausser compagnie. Le tueur était bien dans le fourgon parti pour la Sûreté, mais il le conduisait !

— Tous dans les voitures ! Rattrapez-moi ce fourgon !

Hélas, quelqu'un avait crevé les pneus des autres véhicules. Impossible de démarrer sans pneus neufs, et on ne disposait pas de quatre roues de rechange par voiture. Il restait les bicyclettes de la clinique pendues dans le garage. Ces messieurs s'égaillèrent à vélo à travers Fontenay-aux-Roses comme un vol d'hirondelles.

Tout en s'éloignant aux commandes de son fourgon, Rauconnière se promettait de tirer vengeance de l'homme qui avait détruit son petit monde parfait. Combien il aurait aimé le voir traverser devant lui pour l'écraser, même s'il préférait de loin la strangulation !

9

Dans l'antre de la fée

Tandis que l'assassin roulait carrosse aux frais de la police et que celle-ci rejouait le Tour de France dans les rues de Fontenay-aux-Roses, Arsène Lupin tâchait de se sauver à travers la petite ville en courant d'un coin obscur à un autre, loin des lampadaires à gaz.

Il avait encore échappé de justesse à l'incarcération. À cette heure, nul doute que la brillante résolution de l'énigme Rauconnière qu'il avait suggérée à Dantry avait fait voler en éclats son rôle de Fauconnet, « le paranoïaque doté d'une intuition médiumnique ».

Il était désolé pour Lucien Dantry, qui allait au-devant de gros ennuis. Mais ce jeune homme avait tout de même eu la chance de côtoyer Lupin, ça lui ferait quelque chose à raconter à ses petits-enfants. Pour l'instant, il encourait la radiation des rangs de la police. Tant mieux pour lui, ce n'était pas une carrière pour les honnêtes gens. Dantry venait d'entrer dans le club très fermé des rares policiers ayant discuté avec Arsène Lupin, cet épisode l'auréolerait de gloire pendant les quelques jours qu'il lui restait à passer à la Sûreté. Il partageait cet honneur avec ce bon Justin Ganimard, qui ne le raterait pas. Ce cher vieil ennemi était jaloux en plus d'être vaniteux, sûr de lui, méprisant envers les capacités d'autrui, hargneux, bas de plafond, et capable de s'obstiner à poursuivre des délinquants qui lui échapperont toujours. Il était donc parfait pour l'emploi qu'il occupait.

Un véhicule approchait. Lupin repéra la lueur des lanternes juste à temps pour se dissimuler derrière un platane. Le fourgon qui emmenait Rauconnière en cellule passa tout près de lui. Le conducteur ne le vit pas, il gardait son regard furieux braqué sur la chaussée et remuait les lèvres comme s'il se parlait à lui-même. À la vive consternation de Lupin, ce fut le visage du tueur qu'il reconnut derrière le volant.

Il se demanda si l'affolement qu'il avait provoqué parmi les policiers n'avait pas offert à Rauconnière l'occasion de s'évader. Le désordre n'était pas l'allié de la justice, lui-même en avait maintes fois profité. Tout plan avait ses lacunes. Il avait bien été forcé de choisir entre sa propre sauvegarde et l'assurance que Rauconnière finirait en prison. Restait à espérer que ces messieurs rattraperaient bientôt l'étrangleur qu'il avait quasiment jeté dans leurs bras. Dans le cas contraire, tous les crimes que Rauconnière commettrait à partir de maintenant pèseraient sur sa conscience de gentleman. Peut-être aurait-il mieux fait de le tuer, ça aurait été plus simple. La répugnance qu'il éprouvait à donner la mort était décidément un handicap. Encore cette fichue conscience ! Dire qu'il payait si cher le Dr Kloucke pour l'en débarrasser !

Il dut se cacher une nouvelle fois en catastrophe : un policier à vélo arrivait sans bruit en face de lui tandis qu'un autre se présentait derrière avec force grincements. La ville grouillait à présent de pèlerines bleu nuit surmontées de képis. Lupin aurait eu plus de facilité à leur échapper si ses poursuivants avaient été motorisés : ils n'auraient pas quitté les rues principales. Tandis que là, aucune ruelle, aucune impasse ne leur échappaient. Quelques minutes leur avaient suffi pour être partout, avec leurs bâtons et leurs sifflets ! Comment quitter cette riante bourgade aux allures de piège à souris ?

Il arrivait à proximité d'une maison dont il avait entendu dire qu'on n'en fermait jamais la porte. Mlle Rosaline, l'infirmière de l'accueil, s'en était beaucoup plainte. La gardienne qui logeait à l'entrée laissait constamment sa loge ouverte, mais Lupin eut la certitude que la silhouette de femme en robe de chambre et bonnet de nuit qu'il apercevait à l'autre bout de la rue, en discussion avec l'un des vélocipédistes en uniforme, était celle de la brave dame, venue s'informer des raisons de ce remue-ménage. Pour une fois, les insomnies d'une gardienne allaient lui être utiles. Il se glissa dans l'entrée et consulta le tableau cloué au mur. Les noms des locataires et les numéros des chambres y étaient indiqués. Il s'arrêta sur celui de Perdrion.

Il n'avait pas perdu ses réflexes de Lupin en inventant le personnage de « Fauconnet le paranoïaque » :

il avait gardé l'habitude de laisser traîner ses oreilles dans les lieux où l'on cause, par exemple dans le vestibule de la clinique, où la chère Rosaline avait raconté à une collègue à quel endroit elle cachait la grosse clé de sa chambrette. Un morceau de la plinthe n'était pas fixé, il suffisait de le retirer pour révéler le petit trou qui contenait la clé. Lupin s'en servit pour ouvrir et referma derrière lui.

Deux minutes ne s'étaient pas écoulées quand il entendit du raffut dans l'escalier. Les policiers avaient investi la maison avec l'intention de vérifier que le fugitif ne s'y terrait pas.

— Je vous dis que j'ai vu une ombre se faufiler à l'intérieur ! affirma une voix d'homme.

— Et moi je vous répète que vous n'avez pas le droit d'entrer ici ! répondit la gardienne. Pas d'homme dans ma pension ! Vous aurez vu une de mes locataires rentrer chez elle !

— Vous avez des locataires carrées d'épaules qui sortent en pantalon ?

— En tout cas, aucune d'elles n'a de visions, jeune homme !

Elle n'avait pas quitté son poste plus de cinq minutes. Depuis sa loge, elle surveillait scrupuleusement les allées et venues. C'était une maison honnête, on n'y avait jamais rencontré de sacripants avant cette nuit.

Les policiers toquèrent de tout côté mais renoncèrent à fouiller les logements. Ils s'étaient plus ou moins attendus à trouver le fugitif dans un couloir. Comment ce dernier aurait-il ouvert ? Et puis les cris d'orfraie de la gardienne ne les engageaient pas à prolonger la visite. Ils s'en allèrent sous des piaillements outrés qui s'apaisèrent bientôt pour laisser place au silence.

Le refuge d'Arsène Lupin était une sorte de meublé pour jeunes travailleuses. Il n'aurait pas été convenable qu'une demoiselle habitât seule – Dieu sait de quoi les femmes étaient capables quand elles étaient livrées à elles-mêmes ! La gardienne était la garante de leur moralité. C'était bien sûr une fiction conforme aux bons usages, cette institution servait d'écran de fumée. En 1905, comme à toute époque, l'avenir des femmes passait par les hommes, et ce n'était pas en menant une existence de bonne sœur qu'on se dégotait le bonhomme adéquat, celui qui allait vous propulser dans un univers fait de respectabilité et de tâches ménagères, où les demoiselles entraient en échange de leur liberté, des dîners entre amies, des soirs de bal, des rencontres agréables, des séances de cinématographe avec des soupirants, et de tous ces petits plaisirs fugaces qui permettaient à la future épouse de rencontrer le plus vite possible l'aimable geôlier de toute sa vie.

Lupin regarda autour de lui. Il y avait des tableaux sur tous les murs. Il était bien chez Rosaline, c'était des œuvres de son oncle Symphorien, le fou de peinture qui s'était pendu la veille.

Il avait gagné un répit, mais la suite s'annonçait difficile, il allait avoir du mal à ne pas se faire repérer. Impossible de ressortir sans être vu de la logeuse, or la voix de cette femme portait loin et les policiers patrouillaient. Il entendit rentrer deux pensionnaires qui se plaignaient d'avoir dû faire la queue pour franchir un barrage.

Un tiroir de la table de nuit contenait un petit pistolet chargé dont il ôta les balles. Puis il sortit dans le couloir pour replacer la clé dans sa cachette : il ne fallait pas que Rosaline alerte la gardienne en ne la trouvant pas.

Où était-elle, d'ailleurs, l'infirmière ? Avec un peu de chance, elle ne rentrerait pas de sitôt et il réussirait à s'en aller sans être vu de quiconque.

Il en était là de ses pensées quand il entendit la clé tourner dans la serrure. Rosaline entra dans la pièce, en paletot et calot assorti, avec sur le visage l'expression de tristesse de quelqu'un qui est allé prendre des arrangements pour l'enterrement de son oncle. Elle pendit manteau et chapeau à la patère, et, quand elle se retourna, elle reconnut immédiatement l'homme assis dans l'unique fauteuil : c'était un fou échappé de l'asile où elle travaillait. Ce dernier crut nécessaire de la rassurer.

— N'ayez pas peur, je ne vous ferai pas de mal.

— Vous seriez bien le seul, aujourd'hui. Entre mon oncle qui se pend et le prix des cercueils, je suis plus chahutée qu'un punching-ball. C'est à cause de vous, ce barouf à travers la ville ?

— Il y a eu un malentendu à la clinique.

— Ah bon ? Vous n'êtes plus Arsène Lupin ?

— C'est le bruit qui court ?

— Les policiers ne veulent rien dire, mais même un aveugle verrait ce qu'ils pensent. Et puis, quand je suis venue annoncer que je prenais ma matinée, le célèbre inspecteur Ganimard faisait une crise de nerfs dans le vestibule. J'ai lu un jour dans la presse que vous aviez cet effet-là sur lui.

— Je vous fais peur?

— Ça dépend. Vous étranglez toujours les femmes avec des cravates?

— C'est justement cela, le malentendu. Vous lirez les détails ce soir dans votre journal préféré.

— Vivement ce soir, dans ce cas.

— Je promets de ne pas vous étrangler aujourd'hui.

— C'est bien aimable à vous. De toute façon vous ne trouverez pas de cravate bleue ici, je n'ai pas cet article dans ma garde-robe.

— Etes-vous toujours aussi caustique avec les fous qui s'introduisent chez vous?

— Oh, des fous, j'en côtoie toute la journée. Pendant mon temps libre, j'essaye de fréquenter des gens équilibrés, si possible.

Lupin sourit. Elle n'était pas très jolie mais elle était amusante.

— Je ne suis pas le seul à avoir une conduite répréhensible, dit-il. Ce lavabo est sec et votre lit n'a pas servi. D'où rentrez-vous, à cette heure indue?

— J'ai un amant. Vous allez me dénoncer à la logeuse?

— Elle vous laisse vous absenter la nuit?

— Je lui dis que je fais des gardes chez une personne âgée pour payer le traitement de mon oncle. Tout le monde s'attend à ce qu'une infirmière soit une sainte. Enfin, tous ceux qui ne sont pas obsédés par l'envie de savoir ce qu'il y a sous leur blouse.

— Vous avez découché le jour où votre oncle est mort?

— S'il y a un jour où on ne doit pas dormir seul, c'est bien celui-là.

— Donc vous étiez bien la nièce du peintre. J'en ai douté un moment.

— Tiens, Arsène Lupin a un train de retard, pour une fois !

— J'étais trop occupé à lutter contre le crime et l'abjection pour m'intéresser à l'art.

Rosaline sortit une bouteille et deux verres.

— Je me demande si ce n'est pas là votre problème, dit-elle en leur servant une limonade. Vous me semblez souffrir d'une certaine indifférence aux gens. Voire à tout ce qui n'est pas négociable en numéraire.

— Permettez-moi de vous présenter mes condoléances. M. Cotonec devait être désespéré pour en être arrivé là.

— Mon oncle n'était plus en phase avec la société depuis longtemps, mais il n'avait jamais parlé de se pendre. Et puis il y a eu des faits bizarres. Je devrais peut-être en discuter avec la police quand j'aurai fini d'héberger des ennemis publics numéro un.

— Les gens de votre famille mènent décidément des vies dangereuses, commenta Lupin.

Tout en sirotant sa limonade, elle s'était approchée de la table de nuit. Elle en sortit le pistolet, qu'elle braqua sur lui.

— Vous voyez, si j'avais voulu me défendre, j'avais ceci.

— Et ça aurait été encore mieux avec ceci, répondit-il en jetant les balles sur le lit.

Elle eut un petit rire et rangea son pistolet où elle l'avait pris. Lupin sourit de nouveau. C'était ainsi qu'on établissait une relation de confiance réciproque : en montrant les armes dont on renonce à se servir.

— Avez-vous pris un petit-déjeuner? demanda-t-elle en ouvrant le placard à provisions.

Elle posa sur la table une miche de pain, du beurre et du miel.

— Pour bien faire, il faudrait que j'aille chercher du lait à l'épicerie, mais je ne crois pas que nous soyons encore assez intimes pour que vous me fassiez confiance.

Il ne répondit rien, d'abord parce qu'il mâchait sa tartine, ensuite parce qu'il ignorait lui-même à quel point il lui faisait confiance.

— Il va bien falloir que vous me laissiez sortir, prévint-elle.

La clinique était sens dessus dessous, on avait besoin d'elle. La police voulait établir à quelles activités illicites s'était livré le faux Marcel Legrand, on lui avait fait promettre d'être là à midi. Les enquêteurs cherchaient d'où venait l'argent et où étaient passés les fonds qu'il avait pu amasser : ça compenserait un peu l'évasion aux yeux de leurs supérieurs. Si elle ne se présentait pas, on enverrait quelqu'un ici.

De toute évidence, l'idée d'aller travailler tandis que Lupin se demanderait toute la journée si elle l'avait dénoncé la titillait. Il n'avait pas le choix, elle le tenait. S'il sortait maintenant, il était pris. Si elle criait, il était pris. Il était contraint de lui obéir.

Pour un grand manipulateur, c'était une situation nouvelle et inconfortable.

— Je suppose que cette situation vous donne une impression de ce que vous faites subir aux autres, lui lança-t-elle.

— Je n'ai jamais fait de mal à personne volontairement !

— Eh bien, il ne vous reste plus qu'à espérer que je sois une nature aussi bonne et généreuse que vous.

Lupin regrettait de ne pas l'avoir saucissonnée et bâillonnée. Ça n'aurait pas réglé son problème d'évasion, mais il aurait au moins évité ses moqueries.

Avant de sortir, elle fit un brin de toilette à l'aide du broc et de la cuvette tandis qu'il regardait par la fenêtre. Le carreau faisait miroir, et il n'en manqua pas une miette. La petite Rosaline était bien faite, elle avait les rondeurs d'un Véronèse ou d'un Titien, ses peintres préférés en matière de femmes.

Avant de la laisser partir, il la pria de bien vouloir lui rapporter la presse quand elle rentrerait. Il sortit de sa poche une liasse de billets et lui en confia un. Elle constata qu'elle allait devoir acheter les journaux du soir avec une très grosse coupure.

Il passa une partie de la journée à rattraper sa nuit. Puis, parce qu'il fallait bien s'occuper, il s'autorisa à mettre son nez dans les affaires de son hôtesse, à la recherche de quelque chose de distrayant, un journal intime ou une correspondance amoureuse un peu cochonne par exemple. Elle n'en possédait pas. L'objet le plus mystérieux était un grand sac rempli de toiles roulées sur elles-mêmes. C'était les six portraits d'elle, tous identiques mais dans des tons différents, qu'il avait vus dans l'atelier de Cotonec : des souvenirs de l'oncle Symphorien. Il n'était pas un grand admirateur de ce que barbouillait ce peintre en déroute. Comme l'avait suggéré Rosaline, il avait tendance à doser son intérêt pour l'art en fonction de la cote. Il se surprit à penser que cette femme l'avait plutôt bien cerné, pour une infirmière qui ne l'avait vu qu'en robe de chambre et pyjama.

La petite bibliothèque de son hôtesse ne contenait que des livres sur les fous (berk) et d'autres sur la peinture ancienne (c'était davantage sa tasse de thé), probablement des cadeaux du tonton.

Quand il reconnut son pas dans le couloir, il se cacha derrière la porte, prêt à assommer un éventuel policier qui l'aurait accompagnée sur la pointe des pieds.

Elle était seule et elle avait fait les commissions.

— J'ai pensé que vous ne souhaiteriez pas dîner dehors, vu votre célébrité, dit-elle en posant ses paquets sur la table.

Elle avait aussi acheté divers journaux. Ils n'en avaient tous que pour « la clinique de la mort ». L'histoire était tournée à l'avantage de la police et au détriment de Lupin, comme chaque fois qu'il n'était pas en mesure de livrer sa version des faits : « Encore une réussite pour l'inspecteur Ganimard ! Il a débusqué un tueur fou et dérangé les plans de l'infâme Arsène Lupin, qui s'était acoquiné avec le sadique. Gageons que cet exploit vaudra à son auteur une nouvelle citation dans l'ordre du Mérite, et à Lupin la paille humide d'un cachot qui l'attend depuis trop longtemps. »

Ce ramassis d'injures ne devait pas rester sans réponse.

— Avez-vous de quoi écrire? demanda-t-il.

— Vous voulez commencer vos mémoires?

— Il me faudrait aussi deux timbres et deux enveloppes. Je compte expliquer la vérité aux journalistes et dire ma façon de penser au directeur de la Sûreté.

— Faites donc ça, et les policiers viendront essuyer leurs semelles sur mon tapis. Ils ne sont pas stupides, vous savez.

— Vous n'avez pas vu les critères de recrutement de la police parisienne : le mot « intelligent » n'y figure pas.

— Vous êtes de parti pris. Vous vous croyez meilleur que tout le monde.

Touché. Si cette conversation avait été une partie de bataille navale, elle aurait torpillé son cuirassé par le flanc.

Les articles étaient surmontés de titres ronflants : « L'étrangleur de Fontenay-aux-Roses », « L'enfer en camisole de force », « La spirale criminelle de Lupin », « La bande à Lupin fait trois morts de plus ».

— Vous avez jeté un coup d'œil à ces torchons? demanda-t-il.

— J'ai lu « Le pacte de l'ignoble cambrioleur et de l'abominable assassin ».

— Vous avez bien choisi, c'est le plus gentil, on ne m'y traite que de fripouille sanguinaire.

Rosaline épluchait des carottes pour les râper.

— Gentleman cambrioleur, ce doit être une vie amusante.

— Il n'y a plus de « gentleman cambrioleur » : c'est « la brute assoiffée de sang », maintenant.

Il voulait s'en aller, tous ces mensonges le déprimaient, il avait besoin de bouger.

— Vous ne restez pas pour ma petite salade de crudités ? demanda-t-elle sans lâcher son éplanche-légumes.

— J'ai lu assez de salades pour aujourd'hui, j'ai besoin de me dépenser.

Elle parut déçue.

— Dans ce cas, vous devriez pouvoir sortir sans anicroches. C'est le jour où la gardienne va tricoter à son ouvroir, il n'y aura personne dans la loge pour vous embêter. Les policiers ont relâché leurs contrôles, ce qu'il reste de surveillance devrait être un jeu d'enfant pour un brillant cambrioleur comme vous.

— Et vous comptiez m'en parler à quel moment ?

Elle lui rendit la monnaie des journaux, c'est-à-dire la quasi totalité du billet.

— Vous ne me souhaitez pas bonne chance ? demanda-t-il.

— Je n'ai pas l'impression que la chance tienne un grand rôle dans votre vie. Entre vos embrouillaminis et vos tracas judiciaires, vous ne laissez pas beaucoup de place au hasard.

Lupin la remercia pour son hospitalité et s'enfonça dans l'obscurité du couloir. La loge était éteinte, comme Rosaline l'avait annoncé. Il fut bientôt dans la rue, où nulle silhouette de képi à vélo ne se profilait. Il avait besoin de se dérouiller les jambes, aussi marcha-t-il au hasard en attendant de rencontrer un véhicule à taximètre. Cette brève réclusion lui avait rappelé la prison, le service de chambre en moins.

Il avait d'ailleurs une petite faim. Il s'arrêta dans un troquet sans prétention et prit place à la table commune. Ses commensaux discutaient hélas du sujet du jour : les derniers méfaits de « cette ordure de Lupin », ce qui lui gâta l'appétit. Il mangea sa soupe sans rien dire jusqu'à ce que l'un de ces messieurs fasse remarquer que la clinique était à deux rues de là : les rondes de police allaient peut-être enfin permettre de l'attraper. Lupin capturé à Fontenay-aux-Roses ! Quelle gloire pour leur ville !

L'intéressé se rendit compte qu'il était revenu tout près de son point de départ. Au lieu de s'en éloigner, il s'en était rapproché. Il se hâta d'avaler son repas pour courir se mettre à l'abri.

À peine dehors, il vit passer une voiture de police – sans doute ces fameuses rondes. Le plus sûr était de prendre une chambre dans le premier hôtel venu. Comme il n'avait pas de valise, le choix se réduisait aux établissements où les réceptionnistes ne posaient pas de questions : les dortoirs pour ouvriers et les maisons de passes. S'il voulait qu'on ferme les yeux, il lui fallait un hôtel borgne.

Celui qu'il trouva était même totalement aveugle. La seule question qui vint aux lèvres du portier très imbibé ne fut pas : « Vous n'avez pas de bagages ? » mais : « Vous êtes seul ? » Lupin expliqua qu'il s'était disputé avec sa bourgeoise et qu'il avait besoin d'un lit pas cher pour la nuit en attendant que la température de sa douce moitié descende sous le niveau d'ébullition. L'interrogatoire ne se prolongea pas, on avait soi-même des difficultés avec le beau sexe et on était pressé de se débarrasser du client pour vider la bouteille qui aidait à oublier lesdites difficultés.

Lupin se coucha avec un sentiment de vide qu'il n'avait pas ressenti depuis longtemps. Cette impression était subtilement différente de la frustration qu'il éprouvait d'habitude – un état d'âme facile à dissiper, par exemple en cédant à l'envie de dérober le bien d'autrui. Le vol et la tromperie étaient chez lui des armes très efficaces contre la mélancolie. Mais, ce soir, la frustration ne passait pas. Il avait envie de quelque chose dont il se sentait privé.

De quelqu'un.

10

L'amant sans domicile fixe

Le lendemain, au lieu de rentrer à Paris avec le premier taxi venu, une envie irrépressible poussa Lupin à dépenser de l'argent dans différentes échoppes du centre-ville, principalement en vêtements et en coupe de cheveux. Recoiffé et rhabillé, il ne ressemblait plus du tout à Oscar de Fauconnet. Il ressemblait à un gentil garçon qui ne venait pas de s'échapper d'un asile de fous rempli de cadavres.

Il fit aussi l'acquisition d'une valise qu'il remplit d'affaires de toilette et de sa nouvelle garde-robe, en plus d'une grosse pile de journaux, car une bonne valise devait peser le bon poids quand elle était soulevée par le groom d'un hôtel convenable.

Fontenay-aux-Roses n'offrait pas un grand choix dans ce domaine, la bourgade n'avait pas connu le destin de Nice ou de Menton. Faute de Carlton ou de Majestic, il se rabattit sur l'Auberge du cheval blanc, en face de la mairie.

L'après-midi, il partit à la découverte des agréments de cette riante cité, ce qui le porta à voir un film muet dans l'unique salle de cinématographie. C'était une histoire sentimentale que sa voisine de rangée ponctua de reniflements. Sans trop savoir pourquoi, les aléas du couple d'amoureux qui évoluaient en noir et blanc entre deux cartons où l'on pouvait lire « Ils se séparent. » ou « Ils se réconcilient. » le firent penser à Rosaline. Comme il ne savait pas non plus pourquoi il s'attardait dans cette bourgade sans intérêt, il se dit que sa vie recelait de plus en plus d'éléments sur lesquels il n'avait aucun contrôle, et cette idée ne lui plut pas.

La seconde attraction de Fontenay se composait d'un parc où la municipalité entretenait quelques roses afin de justifier son nom. Quand il les eut admirées, le tour des plaisirs offerts aux visiteurs était bouclé. Il en retira d'autant plus de vague à l'âme que c'était une promenade à faire à deux.

Pourquoi ne rentrait-il pas renouer avec sa vraie vie de faux honnête homme ? Il ne s'estimait plus si content de lui qu'avant. Il n'était pas loin de penser qu'il avait tout raté, à Fontenay-aux-Roses. L'assassin qu'il poursuivait s'était échappé, c'était à présent lui que la police traquait, et la presse continuait d'imprimer à son sujet des tombereaux d'horreurs tout à fait injustifiées.

Il devait se rendre à l'évidence : Mlle Perdrion lui manquait. C'était par peur de rentrer seul à Paris qu'il prenait racine. La petite infirmière l'empêchait de quitter cette stupide cité. Il n'y avait qu'une solution : la convaincre de partir avec lui. S'il pouvait au moins ramener une fiancée, il n'aurait pas tout raté, à Fontenay-aux-Roses. Il surprendrait le Dr Kloucke, il en recevrait des félicitations, et ça lui rappellerait le temps où il savait impressionner les foules.

Convaincre cette fille de lâcher sa courageuse et médiocre existence pour vivre avec lui dans la splendeur et la crainte ne devait pas être trop difficile. On lui avait fait une réputation de manipulateur, de menteur et d'accumulateur, n'était-ce pas là les qualités d'un parfait séducteur ?

Il renonça à se présenter à elle en habit à queue de pie, monocle sur l'œil et haut-de-forme sur la tête : dans une petite ville qui n'avait rien de Passy ou de la plaine Monceau, ça l'aurait fait remarquer. Il allait faire une expérience. Une fois qu'il aurait passé un peu de temps en sa compagnie, il verrait bien s'il se lasserait d'elle ou si ses sentiments se confirmaient. Dans les deux cas, il en sortirait gagnant, libéré ou prisonnier volontaire d'une femme, ce qui serait toujours mieux que l'être de Justin Ganimard.

Il guetta Rosaline à la sortie de la clinique et attendit qu'elle se soit un peu éloignée pour l'aborder. Il avait fait l'effort de revêtir un déguisement qui lui plaisait peu : celui du quidam qui n'a rien d'exceptionnel, avec veste à carreaux, chapeau melon d'un coloris indéfini et gros godillots à bouts rebondis. Heureusement, un sourire lui suffisait pour se mettre à son avantage. Ce n'était pas l'habit qui faisait le Lupin, mais sa personnalité. Il n'était pas un « homme caméléon », comme l'avait surnommé un journaliste, mais la chenille ultime, capable de retourner dans sa chrysalide pour se réinventer à volonté. Il possédait une parfaite maîtrise de son corps, ses attitudes étaient son meilleur camouflage : tout nu, il aurait encore réussi à passer pour un prince cousu d'or en deux gestes et trois paroles, alors que tant d'altesses royales avaient l'air d'être des rustres endimanchés.

Le chapeau rabattu sur les yeux pour dissimuler un peu ses traits, il lui emboîta le pas quand elle franchit la grille pour prendre la direction du foyer des jeunes femmes seules. Elle lui parut mieux que dans son souvenir. Sa silhouette était élancée, elle était chaussée de bottines à lacets, les mèches échappées de son chignon bouffant encadraient son visage, et sa robe cintrée soulignait sa taille. Sa démarche était rapide, volontaire, décidée, sa tête paraissait pleine de pensées dont il se demanda s'il en ferait bientôt partie. Il ne l'avait pas encore rejointe quand elle s'arrêta et dit tout haut :

— Soit j'ai affaire à un malotru, soit je suis filée par Arsène Lupin.

— Chut ! Chut ! fit-il en parvenant à sa hauteur.

Elle jaugea son accoutrement passe-partout.

— Vous faites des livraisons de tonneaux chez les bougnats ?

— C'est ce que j'ai trouvé de mieux pour venir vous voir.

Elle n'eut pas l'air de prendre ça pour un compliment.

— Quelle chance ! s'écria-t-elle. J'ai un ticket avec M. Lupin !

— Appelez-moi Arsène, répondit-il tout bas. Ne m'appelez pas.

— Ça va être commode. Vous tenez vraiment à m'accompagner ?

— Pourquoi ? Je vous fais honte ?

— Auriez-vous oublié quelque chose chez moi ? demanda-t-elle en reprenant son chemin. Votre courtoisie ?

Il déclara qu'il était juste venu la remercier pour sa gentillesse de l'autre nuit.

— Dit comme ça, ça fait prostituée, rétorqua-t-elle. Je crois que la politesse consiste à offrir des roses.

« Elle aime les roses », nota-t-il mentalement. Il devenait idiot, ce devait être le signe que quelque chose se produisait en lui. Elle paraissait vexée qu'il soit parti de chez elle, mais elle n'avait rien fait pour le retenir. Il maîtrisait moins bien son dictionnaire masculin-féminin que d'habitude. Ses relations avec cette infirmière avaient pris un tour incongru ; différent, bizarre, dérangeant.

— Bon, ça suffit, maintenant, dit-elle. Laissez-moi ou…

Elle commençait à l'énerver. Arsène n'avait pas coutume de se voir repousser, surtout quand il vous faisait l'honneur de se déguiser en n'importe qui.

— Ou quoi ? Vous allez crier ?

Elle poussa effectivement un long cri, aussi jugea-t-il la conversation mal engagée. Il s'éloigna d'un pas rapide avant que les passants ne s'ingèrent dans ses affaires de cœur.

Il aurait dû être furieux d'avoir été maltraité, mais, au contraire, cette nouveauté l'attirait. Il s'arrangeait d'ordinaire pour se présenter aux dames sous un jour flatteur, que ce soit par l'effet de son argent, de sa forme physique ou de sa renommée. Avec Rosaline, rien de tout cela ne marchait.

Malheur à l'homme dont une femme connaît les petits secrets ! Si Barbe-Bleue avait commencé par montrer à ses fiancées le fameux placard où il rangeait les cadavres, il aurait eu du mal à se remarier.

Le lendemain était le dernier jour de la semaine. Arsène se présenta chez Rosaline en costume de bourgeois endimanché, armé d'un petit bouquet. Elle le jaugea comme on le fait d'un animal que l'on commence à dresser et qui accomplit de menus progrès.

— Quand on vous chasse, vous revenez avec des fleurs ? C'est bien, vous êtes capable d'apprendre.

Ils prirent l'omnibus pour gagner le bois de Meudon. Sur l'impériale, elle profita du trajet pour lui reprocher sa vie d'escroc, mais une longue pratique des salles d'audience avait développé en lui l'art de l'argumentation.

— Que voulez-vous ! On fait des erreurs, de mauvais choix, et puis un jour on se rend compte que l'on est seul, et on a envie de changer pour faire plaisir à une femme.

Ils se promenèrent le long des allées qui traversaient la forêt, lui en canotier, elle sous une ombrelle. Il lui expliqua que les articles de presse étaient des charges contre lui écrites sous la dictée de la police. Elle ne devait pas le confondre avec un voyou qui tue.

— Ah, vous êtes un voyou qui ne tue pas.

Il lui promit des aventures époustouflantes. Elle préférait la simplicité.

— Je ne sais pas faire simple, dit-il.

— Essayez, vous verrez : ça réussit aux gens normaux.

— Je ne fais pas partie des gens normaux.

— Méfiez-vous, à force de vouloir être unique, vous finirez seul.

— Mais vous êtes méchante, en plus !

— En plus d'être moche ?

— Je n'ai pas dit ça. Vous n'êtes pas moche. Vous êtes... troublante.

— Ah, mais vous savez faire des compliments ! Avec un petit effort, vous arriverez à vous conduire comme tout le monde.

Pas question ! Son indépendance lui importait plus que tout, il refusait d'abandonner son originalité pour se rapprocher du reste de l'humanité. Son mode de vie n'était pas difficile : il ne manquait de rien, il y avait des trésors partout. Des trésors, mais pas des Rosaline.

— Vous me posez un problème cornélien, conclut-il. Je me sens comme le Ruy Blas de Corneille.

— Comme le Ruy Blas de Corneille écrit par Victor Hugo ?

C'était bien sa veine, il était tombé sur une petite bonne femme effrontée qui avait des lettres.

— Il faudra que mon médecin m'explique pourquoi je ne m'intéresse qu'aux méchantes.

— Vous me donnerez son adresse, dit Rosaline, je ne m'intéresse qu'aux bandits sans moralité.

Il se sentit encouragé à l'embrasser, mais elle le repoussa.

— Oh là ! Il vous reste un parcours à accomplir avant d'en arriver là ! Nous nous connaissons à peine !

— Nous avons déjà vécu ensemble !

— Vous avez occupé mon logement sans ma permission, ce n'est pas pareil. Il vous reste à m'emmener dîner, à me conduire au spectacle, à me promener en voiture, à me présenter des amis qui me rassurent sur votre compte, et ensuite nous verrons. J'accepterai éventuellement de petits cadeaux d'une valeur raisonnable que vous aurez payés de votre poche.

Les Cendrillon avaient des exigences.

Il suivit le programme, bien que celui-ci lui parût aussi pénible qu'un chemin de croix. Il commença par l'emmener dîner dans le meilleur restaurant de la région. À la vue du lustre en cristal, des nappes brodées et de la salle lambrissée façon Trianon, le verdict tomba :

— C'est trop.

Il bifurqua vers un boui-boui qui sentait la friture des saucisses servies sur des tables en bois graisseuses.

— C'est trop peu. Votre inaptitude à montrer des endroits qui vous correspondent suggère que vous n'avez pas de vie privée.

— J'ai une vie privée à Paris. Ici, je suis privé de vie.

Il finit par dénicher une charmante buvette installée à l'ombre des frênes dans le parc de Sceaux.

— C'est mieux.

Le lendemain, il voulut cocher la case du « petit cadeau payé de sa poche ». Il lui apporta de belles boîtes en carton dont elle retira une robe de soirée, une étole en zibeline, des chaussures à talons hauts, une interminable paire de gants et une tiare en brillants comme devait en porter la reine d'Angleterre pour recevoir les ambassadeurs.

— Je me serais contentée de chocolats, vous savez.

S'il s'agissait de montrer les véritables goûts de Lupin, il fallait passer à un registre dont elle n'avait pas l'habitude. Il la pria d'enfiler ses cadeaux, une voiture les attendait dehors.

Quand elle descendit, vêtue en princesse, il s'était mis lui aussi sur son trente-et-un. En habit noir et haut-de-forme luisant, il ressemblait à sa propre caricature popularisée par la presse. Lui avait l'impression d'avoir retrouvé sa peau.

— J'en profite pour cocher aussi la case « promenade en voiture », fit-il observer tandis qu'ils roulaient vers Paris.

Ils étaient assis à l'arrière d'une voiture de maître bien suspendue. Une loge de première les attendait à l'Opéra-Comique, où ils assistèrent à une représentation de *La Pie voleuse* de Rossini.

— Considérons que la case « spectacle » est cochée, dit Rosaline pendant le trajet du retour. La prochaine fois, sans gants ni tiare, s'il vous plaît. J'ai l'impression de rentrer d'un bal masqué.

Il était content.

Mais ce souci de sociabilité exigeait de lui bien du travail. C'était plus prenant que de monter des escroqueries, ça ne laissait pas un instant pour s'adonner au vol organisé. Il se demanda si ce n'était pas précisément l'intention du Dr Kloucke quand il l'avait mis au défi de se trouver une fiancée.

Le soir suivant, Arsène annonça à Rosaline qu'ils sortaient à nouveau.

— Nous allons prendre un verre chez les Leblanc-Lacombe.

— Qui est-ce ?

— C'est ce qu'il y a de mieux à Fontenay-aux-Roses. Croyez-moi, j'ai eu du mal à trouver, j'ai presque dû organiser des entretiens d'embauche.

Les Leblanc-Lacombe habitaient la plus belle maison de la ville. Leurs invités pénétrèrent dans le jardin à la nuit tombée. Des flambeaux avaient été plantés tout le long de l'allée qui menait au perron. La demeure était entièrement illuminée, une collation les attendait au salon, du champagne refroidissait dans un seau. Rosaline s'étonna de ne voir personne d'autre qu'eux.

— J'ai jugé que ce serait plus intime, répondit Arsène en faisant sauter le bouchon.

— Les Leblanc-Lacombe vont bientôt nous rejoindre ?

— Ils sont partis en catastrophe quand ils ont appris que leur château du Berry était en flammes. Un autre télégramme est arrivé une heure après pour donner congé aux domestiques. Et voilà ! Bienvenue dans ma vie de Lupin ! Mais ne vous formalisez pas, je compte les dédommager de leur frayeur.

Rosaline comprit qu'elle profitait de ce moment de luxe grâce à une succession de fourberies. Ils étaient chez des gens qu'il ne connaissait pas, qu'il n'avait jamais vus, qu'il ne verrait jamais. Elle était entrée dans les mensonges d'Arsène Lupin.

Elle lui jeta le contenu de sa coupe à la figure.

— Tenez, vous pourrez aussi leur offrir le nettoyage de leur tapis.

Elle se leva pour partir, il voulut la retenir, il était rouge de colère. Elle le gifla à faire sauter son monocle et s'en fut sans se retourner.

11

Un Lupin peut en cacher un autre

Comme la police considérait que l'habitat naturel d'un Arsène Lupin était un palace ou l'aiguille d'Étretat, dès les premiers jours passés, la proximité de la clinique Legrand était devenue protectrice. Nul n'imaginait qu'il se terrait dans l'anonymat et la médiocrité, c'était le seul environnement où on ne le cherchait pas. Il y avait bien ce fonctionnaire de la Sûreté que Ganimard avait envoyé traîner en ville, mais ce garçon avait tout d'un puni que l'inspecteur avait voulu éloigner.

Assise sur un banc du parc de la clinique, Rosaline grignotait le sandwich de son déjeuner quand elle entendit la voix de l'horripilant Arsène s'adresser à elle depuis le couvert d'un buisson.

— Vous êtes fou ! dit-elle. On va vous arrêter !

Il tâcha de lui expliquer que les mauvaises habitudes ne se perdent pas en un jour. Il avait toujours vécu ainsi, depuis sa plus tendre enfance :

le mensonge à la bouche et les mains sur les biens d'autrui.

— Mon Dieu ! Mais à quel âge avez-vous commencé ?

— Trop jeune pour oser le dire.

À présent, il se dégoûtait. Personne n'avait plus honte de lui que lui-même.

— Je n'ai pas honte de vous, dit-elle, je vous plains.

— Que puis-je faire pour vous convaincre que je veux changer ?

— Prenez un emploi honnête.

C'était comme si elle lui avait craché au visage. Le buisson se tut. Il était parti. Elle se leva et courut à la grille.

Arsène était blessé. Elle avait touché le point sensible. Le contrôle qu'il affectait d'avoir sur toute chose achoppait sur un détail : lui. Il ne pouvait pas s'empêcher de voler, même après avoir pris la ferme décision d'arrêter.

À la sortie de la clinique, il arrêta le premier policier venu et s'accusa d'être un voleur. Rosaline le vit tendre un papier au policier, sans doute une de ces fameuses cartes de visite qu'il semait sur les lieux de ses exploits.

— Bien, fit le gardien de la paix. Suivez-moi au poste, monsieur… Boniface Tuthu.

— Au revoir, Rosaline, dit Lupin.

— Au revoir, Boniface.

Un peu plus tard, quand la curiosité la mena au commissariat, elle apprit qu'il s'était accusé d'avoir dérobé une montre. On en avait trouvé une très belle dans son gousset, des recherches étaient en cours pour identifier son propriétaire. Le vol d'un objet précieux était un délit très grave qui vous envoyait au bagne. Elle vint le voir.

— Boniface Tuthu ? Vraiment ?

— Tant qu'à souffrir, autant commencer par porter un nom ridicule.

— Vous rendez-vous compte que vous risquez d'aller couper du bois dans une colonie pénitentiaire ?

— Vous vouliez me voir prendre un emploi honnête.

Elle lui avait trouvé un emploi honnête chez sa cousine, c'était moins loin. Emma avait besoin d'un livreur, le sien avait donné son préavis. Il n'aurait qu'à dire qu'il débarquait de l'étranger.

— J'ai gagné une remise de peine, alors ?

— Une remise de peine ?

— Si vous m'accordez votre pardon pour la soirée de l'autre jour, je n'ai plus rien à faire ici.

— À part attendre votre procès, lui rappela-t-elle.

— Oh, ça, c'est une formalité.

Le lendemain, une voiture klaxonna en bas de chez elle. Lupin n'avait pas jugé utile de s'attarder dans cette geôle malpropre.

— Je croyais que vous deviez passer en jugement.

— Non, c'est Boniface Tuthu qui était accusé. Je ne veux rien avoir à faire avec cet individu.

Il serait arrivé chez elle plus tôt s'il n'était passé chez le tailleur pour des retouches à sa garde-robe.

— Comment faites-vous pour vous en sortir toujours ? demanda-t-elle. Vous avez un petit lutin qui exauce des vœux ?

— Oui. C'est le commissaire de Fontenay-aux-Roses.

« Boniface Tuthu » n'était pas un nom inventé : c'était celui du limier qui avait été chargé de surveiller la ville pour le cas où on y reverrait Lupin ou Rauconnière, ces deux repris de justice que Ganimard avait laissés filer. Quand Lupin-Tuthu avait décidé de quitter sa cellule, il avait informé le commissaire de sa qualité de fonctionnaire. Ayant appelé la Sûreté, le cher homme s'était entendu confirmer par téléphone que tous les actes du sieur Tuthu entraient dans le cadre de sa mission. Lupin-Tuthu avait expliqué que cette histoire de montre volée lui avait servi à obtenir la protection de ses collègues sans éveiller la méfiance des suspects qui l'observaient à ce moment. On l'avait cru. Chez les policiers, on croit toujours le plus gradé.

Le système judiciaire se serait réjoui d'avoir mis la main sur Arsène Lupin, mais il avait dû libérer Boniface Tuthu. Et comme l'un était dans les habits de l'autre, il avait fallu laisser partir les deux. Lupin se ménageait toujours une porte de sortie quand il se jetait dans un piège qu'il s'était tendu à lui-même.

— Chez moi, il n'y a qu'une seule porte, dit Rosaline.

— Ciel, me voilà fait, répondit Arsène en lui tendant les roses du jour.

En réalité, il ne pensait pas que les prisons françaises soient en mesure de retenir un Arsène Lupin. Elle voulut savoir pourquoi.

— Parce qu'elles ont été conçues pour des détenus ordinaires. Je ne suis pas le seul dans ce cas. Avez-vous remarqué que les politiciens n'y restent pas longtemps non plus ? Nous avons, eux et moi, des qualités particulières qui nous rendent résistants aux efforts que déploie la justice.

— La malhonnêteté ? Le sens de la manipulation ? Un bon réseau d'influence ? Des amis corrompus ? Un cynisme à toute épreuve ?

— Je vous laisse la responsabilité de vos propos, ma chère.

Elle avait justement des projets pour réformer ce caractère lupinesque de sa personnalité.

— Je suis contente que vous ayez été libéré, vous allez pouvoir découvrir le premier emploi de votre nouvelle vie d'honnête homme.

— C'est exaltant. Cette vie d'honnêteté s'annonce trépidante.

— J'ai eu du mal, vous n'êtes pas facile à caser.

— Ne vous inquiétez pas, rien que les mots « travail honnête » suscitent déjà ma jubilation.

Ses débuts dans l'honnêteté allaient devoir commencer par un mensonge sur ses états de service.

— Je crois que je vais me rebaptiser Alexandre. J'en ai envie depuis longtemps. Ça me va bien, non ?

— Pour l'emploi qui vous est destiné, c'est un peu martial.

Comme il n'avait rien fait ni rien vécu qui puisse être révélé à la cousine, sa future employeuse, il fallait lui inventer un passé. Ils devaient choisir un pays lointain et inconnu d'où il serait tout juste revenu.

— La Transnistrie, dit Arsène.

— Qu'est-ce que c'est que ça, la Transnistrie ?

— Précisément.

Il ne restait plus qu'à lui préparer une valise. Lupin ne savait pas trop ce qu'un homme qui postule un emploi honnête doit transporter. Elle fit des choix pour lui et réclama de conduire la voiture. Elle avait obtenu un certificat d'ambulancière dans le cadre de sa formation d'infirmière. En route pour la maison de sa cousine, elle lui recommanda de ne pas se couper : Emma n'avait aucune intention d'engager Arsène Lupin.

— Je m'en doute bien. De quel emploi s'agit-il, déjà ?

Ils arrivèrent en vue d'une montagne de paniers en osier qui débordait d'un hangar. Emma Cotonec dirigeait une entreprise de fabrication d'emballages industriels. Elle habitait à côté d'un vaste atelier où ses ouvriers tissaient les paniers. Ils furent accueillis par une veuve en noir coiffée d'un chignon sombre qui aurait été jolie si elle s'était apprêtée. Elle suivit des yeux la voiture qui se garait dans sa cour. Arsène s'empressa d'aller ouvrir la portière à la conductrice : pour postuler un emploi chez une dame, la galanterie était certainement un bon point.

Après avoir embrassé sa cousine, Rosaline lui présenta M. Tallebotier.

— M. Tallebotier a-t-il aussi un prénom ? demanda Emma Cotonec.

— Zéphirin, répondit Rosaline avant que Lupin ait pu ouvrir la bouche pour lui sortir son « Alexandre ». Il revient de Transylvanie...

— De Transnistrie, rectifia le voyageur que l'on venait de zéphiriner.

— Ah ! s'exclama Mme Cotonec. La Transnistrie ! Que de souvenirs ! Mon premier mari était d'origine moldave, sa famille venait de Bessarabie. Y a-t-il toujours un petit restaurant de mamaliga[1] à côté de la cathédrale de Tiraspol ?

— Mais bien sûr ! dit Zéphirin. Combien de fois n'ai-je dîné en admirant le coucher du soleil sur ses bulbes dorés !

Rosaline constata qu'il avait étudié à fond la culture transnistrienne.

Emma les fit entrer dans son salon et leur demanda ce qu'ils désiraient boire.

— Je prendrais volontiers une tasse de thé, fit prudemment Zéphirin Tallebotier.

— Du thé ! Passons directement au porto, vous m'en direz des nouvelles.

— Pas pour moi, Emma, refusa Rosaline, je dois conduire pour rentrer.

— Et alors ? Dites-moi, demanda-t-elle à Zéphirin, vous ne me l'avez pas transformée en bonnet de nuit, j'espère ? Parce que c'était une joyeuse, ma Rosaline, pour autant que je me souvienne.

Ils parlèrent affaires au-dessus du porto. La cousine avait un problème : son commis voulait s'établir à son compte, elle devait le remplacer au pied levé.

— Mon ami, je vous trouve la mine d'un honnête homme, dit-elle à Zéphirin.

— Vous savez juger les gens, madame.

---

1. Sorte de polenta à la viande, à la feta et aux légumes.

— Seriez-vous d'accord pour livrer mes paniers en osier?

— C'est mon plus cher désir.

Emma Cotonec se tourna vers sa cousine.

— Il est bien, ton ami, il est enthousiaste.

— Oui, c'est sa principale qualité, en plus d'être honnête.

Il serait logé sur place afin d'être à pied d'œuvre dès le matin pour sa tournée. L'employé qu'il allait remplacer se chargerait de le présenter aux clients.

Quand Rosaline déclara qu'elle devait rentrer, Lupin la raccompagna à la voiture.

— Zéphirin, vraiment? Vous avez la vengeance cruelle.

— Ça veut dire « vent de l'ouest » en grec. C'est le nom d'un dieu qui tient des propos brumeux avant de s'évaporer dans les nuages. Un bonhomme dans votre genre.

Il voulut bien admettre qu'il avait l'habitude de prendre la poudre d'escampette.

— Elle est gentille, votre cousine. Croyez-vous que vous deviendrez comme elle quand vous serez grande?

— Je ne pense pas que vous aurez la patience d'attendre.

— Testez-moi, répondit-il.

Cette fois, il eut droit à un baiser. Il se dit qu'il avait dû cocher une case.

Quand il revint dans la maison, Emma Cotonec lui confia une lampe à pétrole pour monter à sa chambre.

— Je n'ai pas l'électricité, on n'est pas au Ritz.

— Non, bien sûr, dit Lupin.

— C'est bien que vous preniez ce travail, ça vous aidera à vous remettre sur les bons rails si vous voulez faire de ma cousine une honnête femme.

— Bonne nuit à vous aussi, patronne.

On lui parlait décidément beaucoup d'honnêteté, ces temps-ci. Il se demanda si Rosaline accepterait de devenir Mme Zéphirin Tallebotier. Peut-être aurait-elle préféré être Mme Oscar de Fauconnet. L'avantage de devenir une honnête femme en épousant Lupin, c'est qu'on avait le choix de son état civil.

— Et la prochaine fois que vous irez en Transnistrie, lui cria Emma dans l'escalier, n'essayez pas de voir le soleil se coucher sur la cathédrale : elle a été rasée par le tremblement de terre de 1899.

« Mince », se dit Lupin.

Sept jours plus tard, il constata avec fierté qu'il avait tenu une semaine entière dans un emploi sans intérêt qui ne lui procurait aucune satisfaction, il était comme un héron au milieu d'un poulailler. Son premier dimanche venu, il était temps d'aller recevoir son véritable salaire auprès de sa véritable patronne. Il se composa une apparence de commis en promenade dominicale. Pour franchir le barrage de la gardienne du foyer pour jeunes femmes seules, il avait prévu de prétendre livrer un panier. Peine perdue, la loge du cerbère était vide : c'était l'heure de la messe.

Un petit bouquet de violettes à la main, il frappa à cette porte qu'il connaissait bien.

— Pas de soirée à l'Opéra ? s'étonna Rosaline. Pas de sortie en Rolls ? Pas de souper place Vendôme ?

— Non, mais avec mes émoluments de commis, j'ai de quoi vous emmener faire du canot sur le lac.

Elle l'attira à l'intérieur et l'embrassa.

12

Carambolages

Le dimanche suivant, Arsène Lupin prit une chambre à l'Auberge du Cheval blanc, dont le confort lui seyait mieux que celles du foyer. Courtiser Rosaline pouvait se faire n'importe où, mais le reste exigeait un bon matelas, un sommier qui ne grince pas et une bouteille de champagne à la température adéquate. Ce compromis avec la vie de commis lui avait été accordé en récompense de son assiduité à livrer des paniers, et aussi parce que Rosaline n'était pas contre le luxe quand c'était pour la bonne cause.

Il l'attendait donc dans sa chambre à l'hôtel devant la mairie lorsque l'horloge municipale sonna 11 heures. Elle était en retard.

Au bout d'un long moment, quelqu'un frappa frénétiquement à sa porte. C'était Rosaline. Elle se jeta dans ses bras. Elle était affolée, débraillée, sa chemise était maculée de sang. Il voulut savoir comment elle s'était blessée, mais ce sang n'était pas le sien. Il vérifia qu'il n'y avait personne dans le couloir et referma.

— Quelqu'un t'a vue?

Elle bredouilla qu'elle était montée directement, le réceptionniste était occupé.

Il crut qu'elle avait eu un accident de la circulation, mais elle lui raconta qu'elle avait reçu la visite de trois hommes. L'un d'eux avait le même regard fixe que Marcel Legrand.

— Rauconnière ! s'exclama Arsène Lupin.

L'ancien directeur avait changé de déguisement, il paraissait plus jeune, avait perdu du poids, ne portait plus la barbe, et ses cheveux étaient devenus bruns. Mais il avait gardé ce regard pénétrant du temps où on le prenait pour un brillant médecin. Sur la figure d'un quidam, ces yeux devenaient inquiétants. Il était flanqué de deux brutes qu'elle n'avait jamais vues auparavant.

— Il a dû recruter une nouvelle équipe, dit Lupin.

Il avait exigé qu'elle lui remette certaines peintures de l'oncle Symphorien qu'elle n'avait plus chez elle.

— Tu n'as pas appelé à l'aide?

Hélas, le dimanche matin, toutes les pensionnaires étaient dans leur famille ou à des rendez-vous, et la gardienne chantait à l'église. Elle avait répondu qu'il n'avait qu'à se servir dans les œuvres qui étaient sur les murs. Après avoir jeté un coup d'œil aux tableaux, il avait répondu que ce n'était pas celles-là qu'il cherchait et que ces messieurs allaient lui faire entendre raison. Il l'avait laissée aux mains de ces deux monstres. L'un d'eux l'avait poussée sur le lit avec des intentions faciles à deviner. Elle avait réussi à s'emparer de son pistolet dans le tiroir de la table de nuit.

Lupin se souvenait de cette arme, il l'avait examinée à sa première visite.

— C'est un petit calibre, mais ça doit faire de gros trous à bout portant.

— C'est à peu près ça, dit Rosaline. Je crois que j'ai touché le cœur du premier coup. Il s'est effondré sur moi et l'autre a décampé sans demander son reste.

Elle avait lâché l'arme et était accourue ici sans vérifier l'état de son agresseur. Elle ignorait si quelqu'un avait entendu la détonation.

— Et Rauconnière ?

Elle n'avait vu personne devant le foyer.

— Il a dû prendre la poudre d'escampette au premier bruit.

Faute d'alcool fort, Lupin déboucha la bouteille de champagne prévue pour célébrer des retrouvailles plus joyeuses.

— Pourquoi Rauconnière voulait-il des toiles de ton oncle ?

Elle n'en savait rien et elle n'avait aucune intention de céder à un bandit qu'elle soupçonnait d'avoir étranglé son oncle. Si Symphorien avait souhaité que Rauconnière reçoive ces peintures, il les lui aurait données lui-même.

Comme elle tremblait, il lui donna une dose de somnifère et la fit s'allonger sous la couverture. Il y avait donc quelque chose de plus difficile que d'être un criminel en fuite recherché par toutes les polices de France : c'était d'être une femme.

Dès qu'elle fut endormie, il courut chez elle pour y glaner des indices, comme par exemple le nom et l'adresse du bandit blessé.

Dès l'entrée de la rue il comprit qu'il arrivait trop tard. Le coup de feu avait sonné l'alarme, le quartier grouillait de gens. La police était partout, on ne laissait personne pénétrer dans la maison. Les curieux racontaient qu'avant de rendre l'âme, ou ce qui en tenait lieu, le scélérat s'était traîné jusqu'à la cage d'escalier à travers le couloir. Sa piste sanglante menait directement à la chambre de Rosaline.

Arsène Lupin rentra à l'hôtel en se demandant comment il allait bien pouvoir rassurer Rosaline. Elle lui avait imposé une vie honnête et voilà qu'elle se lançait dans le crime ! Elle pouvait bien sûr se livrer à la police et dire qu'elle avait tiré sur cet homme pour se défendre. Cela n'empêcherait pas les juges de l'envoyer derrière les barreaux dans l'attente d'un procès. Et qui la protégerait de Rauconnière quand elle serait en prison ? Qui pouvait dire jusqu'où ce poulpe était capable d'étendre ses tentacules ? Elle serait bien plus en sécurité dans l'ombre d'Arsène Lupin. Ce coup de feu sonnait la fin de leur existence de citoyens lambda. M. et Mme Lambda allaient devoir prendre des mesures pour régler leurs différends avec les assassins et avec les policiers.

Au lieu de remonter dans sa chambre d'hôtel, il prit la voiture et fila chez sa patronne pour la mettre au courant avant qu'elle ne soit interrogée. Elle était la plus proche parente de Rosaline, les enquêteurs viendraient sûrement voir si la suspecte ne se cachait pas chez elle.

Il trouva Emma Cotonec à des activités dominicales, qui ne consistaient ni à tricoter ni à biner son potager : elle se préparait à aller danser au bal de la commune avec l'espoir d'y recruter son troisième mari grâce à l'effort de toilette qu'elle avait accompli. Recoiffée, maquillée et vêtue d'une robe à fleurs, elle rajeunissait de dix ans. Ce changement frappa Lupin : Mme Cotonec aurait eu de l'avenir dans les arts lupiniens du travestissement.

Il lui annonça l'arrivée prochaine de la police et lui recommanda de dire qu'elle n'avait pas vu Rosaline depuis longtemps. Elle ne devait surtout pas mentionner que sa cousine lui avait présenté son nouveau commis.

— Pourquoi ? demanda Emma. J'ai un problème avec mon nouveau commis ?

— Non, c'est Rosaline qui a un problème.

Elle venait de tuer un acolyte de Rauconnière, cet assassin qui avait déjà étranglé plusieurs personnes.

— Très bien ! dit Emma. Bon débarras ! Légitime défense, je suppose ?

— Oui, mais les choses sont plus compliquées que ça. Rauconnière est rancunier, je ne suis pas sûr qu'une fenêtre à barreaux suffira à l'empêcher de se venger.

Il profita de sa visite pour annoncer sa démission. Emma allait devoir se trouver un nouveau livreur. Il lui déconseilla de reprendre le précédent, même si cet homme venait la supplier de lui rendre sa place : pour ce qu'il avait vu de lui, Maurice n'était pas fiable et jouait un double jeu.

— J'ai l'impression que c'est courant chez mes livreurs, commenta Emma.

À peine eut-il quitté une Mme Cotonec fort perplexe qu'une voiture de police pénétra dans la cour. Il prit une blouse pendue à l'entrée de l'atelier et fit mine d'empiler des paniers.

— Emma Cotonec, c'est bien ici ? lui demanda un homme en uniforme.

— La patronne est chez elle, répondit-il en désignant la maison.

Il les regarda se diriger de ce côté et prit la direction inverse pour rejoindre sa voiture qui l'attendait cinq cents mètres plus loin.

À l'hôtel, il trouva Rosaline éveillée. Si les somnifères procuraient le sommeil, ils ne faisaient rien contre les cauchemars. Sa première préoccupation fut de savoir si elle avait tué son agresseur.

Pour en être certain, Lupin sortit acheter les éditions du soir. Le gros titre du *Petit Parisien* ne laissait pas de doute : « La vague d'assassinats reprend à Fontenay-aux-Roses ! La meurtrière en fuite ! » *Le Petit Journal illustré* s'ornait d'un dessin dramatique où l'on voyait, selon la légende, « l'infirmière sanglante tirant sur son amant, un apache plusieurs fois récidiviste ». Les yeux exorbités, une furie en tenue blanche vidait son barillet sur un jeune homme torse nu renversé en arrière. L'auteur de cette œuvre magistrale avait visiblement supposé que la dame au pistolet avait cédé à une crise de jalousie. On avait trouvé sur le tapis de la chambre un pistolet acheté trois mois plus tôt par la jeune femme dans une armurerie voisine. La police en avait déduit la préméditation. L'hypothèse était que Rosaline recevait des hommes en cachette de la gardienne, malgré les dénégations de cette dernière, qui déclarait veiller à la bonne réputation de son meublé. Il restait à établir si « l'infirmière à la double vie » avait assassiné une connaissance de longue date qui voulait rompre ou bien un client de passage, à l'issue d'une prestation tarifée qui avait mal tourné. Qui d'autre qu'une prostituée aurait eu l'idée de changer sa table de nuit en armurerie ?

— Ils me font passer pour une traînée ! dit Rosaline.

Lupin jugea le moment opportun pour lui donner le choix : se rendre ou disparaître. Pour sa part, il n'était jamais sorti très enthousiaste de ses rencontres avec messieurs les policiers.

— À mon avis, fit-il remarquer, quand notre barque est suivie par un requin comme Rauconnière, mieux vaut ramer que faire trempette.

Elle avait de la chance, il était le champion des changements d'identité. Pour l'heure, ils devaient fuir cet hôtel. Elle était connue, à Fontenay-aux-Roses, on risquait de la repérer très vite, quelqu'un avait peut-être vu le sang sur sa robe. Quand les gens liraient son histoire dans la presse, ils deviendraient soupçonneux. Or le hall était pourvu d'un présentoir rempli de journaux mis à la disposition de la clientèle et du personnel qui s'ennuie.

Il boucla sa valise, enveloppa la tête de Rosaline d'un foulard et lui prit le bras.

— Où allons-nous ? demanda-t-elle.

— Ailleurs !

Un taxi stationnait justement devant le hall. Lupin ouvrit la portière et monta près d'elle.

— À Paris, mon brave !

Ils roulaient depuis quelques minutes quand Rosaline vit dans le rétroviseur le visage de leur chauffeur. Elle chuchota à l'oreille de Lupin. C'était l'autre complice de Rauconnière, celui qui s'était enfui quand elle avait tiré ! Il avait dû la suivre jusqu'à l'hôtel et attendre qu'elle sorte. Elle avait échappé à la police, mais pas à ses tourmenteurs.

Le conducteur dut se rendre compte que ses passagers discutaient tout bas, car il se gara brusquement et sortit de sa poche un pistolet. Il laissa Rosaline sur la banquette arrière, força Lupin à prendre le volant et s'assit à côté de lui, son arme braquée sur lui.

— Mon patron veut ses tableaux. Moi, je suis juste content de vous revoir.

Il était douteux que Rauconnière se contentât de récupérer les peintures qu'il convoitait, et son homme de main nourrissait de toute évidence des projets de vengeance. Rosaline sentit qu'elle allait passer un mauvais quart d'heure qui risquait d'être le dernier. Arsène avait une conduite nerveuse, elle essaya de le tranquilliser.

— Reste calme, fais ce qu'il dit, tout va s'arranger.

Elle ne croyait pas ce qu'elle lui disait et lui non plus. Il mit le coquin en garde.

— Vous devriez cesser de braquer cette arme sur moi. Avec les cahots des pavés, vous risquez d'appuyer sur la gâchette sans le vouloir et vous n'aurez plus de chauffeur.

C'est exactement ce qui se produisit vingt mètres plus loin. La voiture fit une embardée, le coup partit, la balle se perdit dans la vitre latérale. Rosaline en profita pour enfoncer ses ongles dans la figure du bandit, qui se débattit. Lupin perdit le contrôle du véhicule et ils finirent dans le décor.

Quand il reprit conscience, Lupin constata qu'il avait été protégé du choc par l'immense volant gainé de cuir. Son voisin avait traversé le pare-brise, il avait la gorge ouverte et regardait le ciel d'un œil vitreux. Rosaline était évanouie, la figure en sang. Les gens commençaient à s'attrouper autour d'eux. Il la porta jusqu'à une voiture de livraison dont le chauffeur les conduisit à un hôpital.

Une fois là, Lupin eut tout juste le temps de faire enregistrer Rosaline sous le nom d'Eulalie Tallebotier avant de s'évanouir dans le couloir où le chariot qui emmenait la blessée venait de disparaître.

Quand il se réveilla, on l'avait mis au lit et revêtu d'une chemise en coton. Il s'en fut errer dans l'étage désert, entrant au hasard dans les chambres. Une patiente dormait, la tête entièrement prise dans les bandages. Elle avait beau être méconnaissable, il eut la certitude que c'était elle. Les questions sans réponses dansaient dans son esprit confus. Pourquoi Rauconnière s'en était-il pris à elle ? Voulait-il se venger de lui ? Non, il en avait après les peintures, il n'avait aucune idée qu'elle fréquentait Arsène Lupin, ce nom n'avait pas été mentionné, tout au plus savait-il qu'elle voyait un petit commis à quinze francs la semaine. Qu'avaient de si particulier les toiles de Symphorien pour que cet obsédé les convoite assidument ?

Il parvint à dénicher un chirurgien capable de lui expliquer les blessures de Rosaline. Elle avait été défigurée, plusieurs os de son visage étaient fracturés, une reconstruction allait être nécessaire. Par chance, le service du Dr Bonétude travaillait depuis quelques années sur les soldats mutilés lors des conflits du Dahomey, du Siam ou de Madagascar, toutes ces colonies françaises dont les garnisons envoyaient leurs grands blessés en métropole.

Quand on changea les bandages, il vit que le visage de Rosaline était cousu de plaies boursoufflées et de creux où l'os manquait.

— Je ressemble à un portrait cubiste, dit-elle en repoussant le miroir qu'elle avait réclamé.

— J'ai toujours aimé la peinture moderne, répondit Arsène.

Il allait tout de même faire en sorte qu'elle se rapproche davantage d'un Titien. Il avait une théorie sur ce qu'est la beauté d'un visage : la symétrie, des traits moyens rehaussés par un détail gracieux, rare, original, qui donne de la personnalité à l'ensemble. Quitte à devoir tout refaire, il convainquit les chirurgiens de l'améliorer. Il voulait se faire pardonner de l'avoir si mal protégée, et si tout l'argent qu'il avait volé devait servir à quelque chose, il ne lui semblait pas pouvoir lui trouver une meilleure utilisation.

Rosalie subit six opérations de la face, les premières pour le remplacement des os brisés, les suivantes pour ôter la peau abîmée et les dernières pour réduire les cicatrices. Après un mois de cure et de repos, elle fut débarrassée des derniers bandages. Les médecins avaient fait un travail extraordinaire.

Les paupières ne tombaient plus, les pommettes étaient hautes, les cernes avaient disparu, les grains de beauté disgracieux aussi, elle avait désormais un joli menton, des lèvres charnues, et son front n'était plus fuyant.

Ils n'en avaient pas fait une beauté de magazine, avec un nez trop petit, des yeux trop grands et des traits à la régularité d'un mannequin de cire. C'était plutôt comme si un dessin un peu tremblé avait été remis au propre par une main plus assurée, celle d'un maître qui avait gommé ici et là, puis ajouté juste ce qu'il fallait pour combler le gouffre subtil qui sépare l'insignifiance et la grâce. Ce n'était pas tant qu'elle était belle, c'était que rien n'empêchait le charme de sa personnalité de transparaître dans chacune de ses expressions. Le chirurgien avait allumé la lumière dans une pièce obscure. Il ne l'avait pas modifiée mais révélée.

Quand ils quittèrent la maison de santé, Arsène remarqua que les hommes se retournaient sur Mme Tallebotier.

— Tu es trop bien pour moi, maintenant, dit-il.

— Je peux te recommander un bon chirurgien, si tu veux. Mais le meilleur médecin, c'est encore l'amour.

— Dans ce cas je n'ai besoin d'aucun autre, dit-il avant d'embrasser pour la première fois ces lèvres joliment ourlées.

13

A touch of Magix

Le visage de Rosaline avait changé, mais pas ses opinions. Elle ne voulait pas subsister grâce à une fortune mal acquise. Arsène devait subvenir à leurs besoins par des moyens honnêtes.

— Je t'avouerai que ce n'est pas ma spécialité, répondit-il.

— Je suis honnête pour deux, mon chéri.

— Pourquoi faut-il que je tombe toujours sur des femmes honnêtes ?

— Nous recherchons tous ce qui nous manque.

En tout cas, l'ancien cambrioleur refusait qu'elle l'entretienne par son travail d'infirmière, car il était resté un gentleman. Ils firent la liste des métiers à sa portée.

— Que faisait ton père ?

— Professeur de gymnastique. Ça ne me dit rien. En revanche, je sais escamoter des objets.

Il fit réapparaître dans sa main le collier à médaillon qu'elle portait autour du cou. Il faisait ses gammes tous les jours pour ne pas perdre la main, comme un pianiste.

— Tu ferais un bon prestidigitateur, fit-elle remarquer.

Il voyait déjà l'affiche : « Ce soir dans votre ville, le Fabuleux M. Magix ! »

— À propos, quel nom veux-tu porter, ma chérie ?

— Le tien. Le vrai.

— C'est exclu.

Il allait l'épouser sous un faux nom – il n'avait que des faux noms. Il n'y avait qu'à piocher dans le catalogue de ses identités encore inconnues de la police. On pouvait aussi en inventer de nouvelles.

— Je ne me vois pas m'appeler « Mme Magix », dit Rosaline.

Après tout, elle avait été soignée sous le nom d'Eulalie Tallebotier, elle s'était habituée à ce nom-là. Il lui conseilla de regarder sous le vase de la commode.

— Tadam ! fit-il lorsqu'elle découvrit une carte d'identité et un certificat de mariage au nom d'Eulalie Tallebotier, épouse de Zéphirin Tallebotier.

— Comment savais-tu que je choisirais ce nom-là ?

— Je te connais bien, je suis très fort en psychologie, j'ai pris des leçons avec l'éminent Dr Kloucke. Et puis, si tu avais regardé sous le coussin du fauteuil, tu aurais trouvé des papiers au nom de Mme Andras de Narcy. Sous le tapis, ils sont au nom de Mme Regnault de Savigny de Moncores.

Ils étaient donc mariés.

— Et la cérémonie ?

— Pas besoin ! Tout est enregistré ! N'est-ce pas merveilleux ?

Elle tenait à la cérémonie. Hélas, cela posait un problème : elle ne pouvait inviter ni amis ni parents, vu qu'elle était recherchée pour meurtre. Quant à lui...

— Tu n'as personne, c'est ça ?

Cette vie de Mme Lupin dans laquelle il l'avait entraînée ressemblait beaucoup à celle de l'épouse de l'ogre des contes de fées : une pauvre femme qui vit au plus profond de la forêt, qui ne voit personne, à part le Petit Poucet et ses frères qu'elle s'efforce d'éloigner de son mari. Cette solitude avait probablement des compensations, mais pour le moment elle ne les voyait pas.

Arsène était beau, séduisant, amusant, surprenant, il pouvait se montrer attentionné quand il en prenait le temps, et il décidait de tout à votre place, un genre de caractère dont certaines femmes s'accommodaient sûrement. La question était : pourquoi l'avait-il choisie, elle ? Elle craignait que la réponse ne fût : parce que toutes les autres avant elle avaient renoncé.

En cherchant bien, elle comptait quand même deux points positifs. D'une part, elle ne pouvait pas dire que la vie qu'elle avait abandonnée pour lui avait été très exaltante – côté exaltation, elle y avait gagné, c'était un peu comme vivre avec un aviateur ou avec un alpiniste qui aurait insisté pour vous emmener découvrir les hauteurs avec lui : on ne savait jamais à quoi s'attendre et le risque donnait à chaque journée une saveur particulière. D'autre part, il la protégeait de l'affreux Rauconnière. Tout ce qui l'éloignait de sa vie passée, nom, profession, la mettait à l'abri du maniaque et de ses sbires.

Zéphirin Tallebotier allait donc devenir le mystérieux Zéphirus. À présent qu'il était artiste, il lui fallait des dates de représentation. La première aurait lieu le soir-même. Rosaline s'étonna.

— Tu n'as pas de salle ! Pas de contrat ! Pas d'assistante !

— C'est pourquoi tu dois t'entraîner tout de suite, ma chérie.

Il la traîna chez un coiffeur afin de la rendre blonde et bouclée, ce qui semblait essentiel pour tenir le rôle d'assistante d'un futur mage. Et puis ça empêcherait définitivement qu'on reconnaisse « l'infirmière sanglante » aux cheveux raides et châtains. Ces transformations commencèrent à inquiéter Rosaline.

— Tu m'aurais épousée quand même si j'étais restée moche ? demanda-t-elle en se mirant dans le trumeau de leur cheminée.

— Je t'aurais épousée encore plus vite. Et toi ? M'aurais-tu épousé, laid ?

— Je ne peux pas juger, je ne sais jamais à quoi tu vas ressembler demain. Fixe-toi sur un visage en particulier et nous en discuterons.

Il fit alors une chose qu'il n'avait jamais faite pour aucune femme : il se montra à elle sous son véritable aspect. Quand il eut abandonné tous ses artifices, il ne restait plus sur son visage ni cheveux, ni sourcils, ni moustache, ni dentition parfaite, ni regard bleu, ni teint de pêche. Il avait l'impression d'être nu. Elle en fut touchée. Il l'avait vue défigurée, elle le voyait sans figure, pâle, inexistant, de la peur plein les yeux.

— Eh bien voilà, dit-elle, je t'ai épousé laid.

Chaque fois qu'elle se regardait dans le miroir, elle mesurait le chemin parcouru depuis qu'elle avait rencontré cet homme bizarre à la clinique du Dr Legrand. Elle n'était pas toujours certaine que ce chemin ait été parcouru dans la bonne direction. Il avait changé une petite infirmière insignifiante en nymphe affriolante. Elle n'était pas sûre d'être beaucoup plus heureuse qu'avant. Ce qui la gênait le plus était de ne plus avoir le choix. Elle aurait pu partir, mais on ne fuyait pas un amour tel que celui-là. Cet amour la rendait prisonnière d'elle-même.

Peut-être, à la réflexion, auraient-ils eu moins de tracas l'un et l'autre s'ils s'étaient séparés, mais aucun d'eux ne pouvait l'imaginer. Ce devait être à cette malédiction que l'on avait donné le nom d'amour.

Ils dînèrent ce soir-là dans une brasserie huppée où un gros monsieur était attablé au milieu d'un petit groupe de gens, dont plusieurs femmes très maquillées et plutôt exubérantes. Dès que le serveur eut apporté quelques plats sous des cloches en argent rutilantes, Rosaline s'arrêta devant le monsieur et lui demanda l'heure. Il tâta son gilet.

— Ma montre ! On m'a volé ma montre !

Le serveur souleva les cloches l'une après l'autre, faisant apparaître une montre, un portefeuille, des clés et la photographie d'une personne à demi-nue dédicacée « À mon gros Poupounet ».

— La photo n'est pas à moi, dit Poupounet en reposant la cloche par-dessus.

Il avisa le serveur qui le dévisageait avec un sourire audacieux. Cet homme avait de la prestance et de l'aplomb.

— Si vous montez un numéro, venez me voir, dit-il en lui tendant sa carte. Je suis Robert Strangman, directeur des Folies-Bergère.

— Oh, quelle coïncidence ! s'exclama Zéphirin. Merci, monsieur, je n'y manquerai pas.

M. Strangman voulut savoir comment il avait réussi à lui subtiliser tout ce qu'il avait sur lui.

— Monsieur s'est arrêté au bar, puis il est passé aux lavabos.

Le directeur réfléchit un instant.

— J'ai croisé quatre personnes aux toilettes, aucune ne vous ressemblait.

— Il n'y avait que moi, répondit le serveur en s'inclinant.

Robert Strangman était soufflé.

— Vous êtes un vrai Arsène Lupin !

— On me l'a déjà dit.

— Je vois d'ici l'affiche : « Plus fort que Lupin » !

— Je ne voudrais pas causer de tort à M. Lupin, on le dit susceptible.

— Comme tous les vauriens, rétorqua Strangman. Mais vous avez raison, on ne sait jamais de quoi un tel bandit serait capable.

Zéphirin fut tenté de le lui montrer tout de suite, mais Rosaline l'attira à l'écart avant que M. Lupin ne ruine la prometteuse carrière du mystérieux Zéphirus.

Le lendemain fut consacré à l'essayage de leurs costumes de scène chez une couturière. La robe de l'assistante posait problème.

— C'est trop court ! dit Rosaline.

— C'est trop long ! dit Arsène.

Elle refusa le modèle « saloon » : autant se promener en corset, on ne voyait que sa culotte et ses bas. Arsène voulait au moins qu'elle adopte une robe échancrée qui montrerait la jambe, à la façon des Chinoises de Shanghai.

— Tu veux dire « des bordels de Shanghai », précisa Rosaline.

Il l'estima mal maquillée et se proposa de faire lui-même les retouches. Elle s'agaça.

— Des retouches, toujours des retouches ! J'ai déjà été suffisamment retouchée ! On dirait que je ne serai jamais parfaite pour toi !

Elle prenait les miroirs en grippe. Elle n'était pas éprise de sa nouvelle apparence, elle était même dérangée par elle. Il lui arrivait d'essayer de se maquiller de manière à ressembler à la Rosaline d'autrefois.

Lui la jugeait godiche, comme une femme qui n'a pas l'habitude d'attirer l'attention. Il espéra qu'elle s'améliorerait avec le temps ou qu'elle finirait par accepter ses conseils. Pour l'heure, il aimait mieux la garder à l'œil, quel qu'en soit le prix, en attendant le jour où il ne craindrait plus que Rauconnière retrouve leur trace.

Sur scène, le numéro de Lupin consistait surtout à changer de costume à la vitesse de l'éclair et à faire surgir ou disparaître des objets sans que le public s'y attende. Ils se mirent à vivre la nuit, au rythme des spectacles, ce qui leur semblait parfait pour leur sécurité : ils s'étaient effacés du jour.

Jouer les magiciens lui permettait de gagner honnêtement sa vie avec les moyens à sa portée : l'illusion, la tromperie, le fait de pousser les gens à dépenser leur argent pour une chose qui n'existe pas, d'avoir toujours un coup d'avance et de se montrer plus malin que tout le monde. Il était tout à fait dans son emploi. Et maintenant il avait une complice qui l'admirait.

Elle avait pourtant des accès de mélancolie. Un soir, juste avant d'entrer en scène, il lui annonça une surprise, il allait lui faire un cadeau sur scène. Il enferma un lapin blanc dans une grosse boîte, et ce fut la cousine Emma Cotonec qui apparut à la place, munie d'un panier en osier rempli de lapins.

Quand Emma les rejoignit dans leur loge après la représentation, elle eut du mal à reconnaître Rosaline. Si jolie qu'elle fût, elle lui parut boudeuse.

— Il m'avait promis un cadeau, dit Rosaline.

Emma Cotonec lui tendit le panier en osier.

— Voilà mon cadeau. Les lapins sont à lui.

Au cours du dîner qu'ils prirent au restaurant, Emma leur raconta ses entrevues avec la police après leur disparition. On n'avait d'abord rien voulu lui dire, ces messieurs désiraient juste savoir où Rosaline se cachait et si elle recevait de l'aide. Elle avait été convoquée au commissariat comme témoin, mais son témoignage s'était borné à répéter qu'elle n'était au courant de rien, qu'elles ne se voyaient jamais et qu'elle n'était pas comptable des actes de sa parentèle.

Lupin leva son verre.

— Bravo ! Je me suis peut-être trompé de cousine, en fin de compte !

Il fut seul à trinquer après une remarque si désobligeante. Peut-être comprit-il qu'il avait commis un impair car il les pria de l'excuser : il devait aller régler un petit problème qui lui prendrait un quart d'heure.

Dès qu'il fut sorti, le ton de l'entretien devint plus grave.

— Ton mari t'a changée ! dit Emma. Il ne reste rien de la petite infirmière de Fontenay-aux-Roses !

Pour Rosaline, ce changement s'était fait trop vite. Elle regrettait cette petite infirmière qui menait une existence toute simple. Être rayonnante ne lui servait à rien si sa vie n'avait aucun sens.

— Bah ! Bientôt M. Tallebotier te fera un enfant et tu auras de quoi t'occuper !

— Je ne crois pas. Arsène... Zéphirin n'aimerait pas ça.

Emma resta rêveuse quelques instants, à se demander si elle n'était pas devenue la cousine d'Arsène Lupin.

— Dans ce cas, je m'excuse : c'est toi qui l'as changé.

Rosaline ne croyait pas que ce changement tiendrait longtemps.

— Si je comprends bien, dit Emma, tu as un mari fortuné, tu es mignonne à croquer et votre vie est passionnante. Et pourtant tu n'es pas heureuse...

parce que tu préférais mener une existence terne et solitaire dans la peau d'une vieille fille. Dans ce cas, suis mon conseil : quitte-le tout de suite.

Elle ne le pouvait pas. C'était elle qui avait créé le nouveau Lupin, elle ne se résignait pas à l'abandonner du jour au lendemain. Il était comme les animaux de ces spectacles qui savaient faire des tours impressionnants mais qui étaient incapables de survivre par eux-mêmes.

— Espérons que sa prochaine transformation sera plus compatible avec ta conception de la vie, dit la cousine.

Elle se tut car le mystérieux Zéphirus venait de se matérialiser à l'autre bout de la salle.

— Vous en faites, des mines ! J'espère que vous ne parliez pas de moi !

Emma leva son verre.

— À Arsène !

Rosaline leva elle aussi son verre.

— Aux secrets d'Arsène !

Lupin les imita.

— Aux secrets d'Arsène et à celles qui les gardent ! dit-il avant de boire, l'œil fixé sur la cousine Emma.

14

Vie et mort d'une œuvre d'art

Contrairement à ce que croyait Rosaline, sa tristesse n'échappait pas à Arsène. Il supposa qu'elle était angoissée à l'idée que Rauconnière pourrait à nouveau les persécuter. Le plus gênant était d'ignorer les motifs exacts qui animaient ce fou, pour autant que les fous aient besoin de motifs. Il n'arrivait pas à admettre qu'il s'en était pris à elle à cause des toiles de l'oncle Symphorien. Ils avaient fait encadrer les six dernières pour décorer leur appartement, c'était un souvenir auquel elle tenait. Les peintures montraient son ancien visage dans des tons différents de l'une à l'autre : en bleu, en rose, en vert...

Arsène estimait qu'elle avait tort de se gâcher la vie puisqu'elle avait changé de nom, de métier et d'apparence, ce qui lui réussissait à lui toujours très bien. Peut-être l'idée que l'étrangleur pouvait nuire à d'autres personnes lui était-elle insupportable?

— Ne t'inquiète pas, lui promit-il, je débusquerai ce monstre, je l'empêcherai de nuire, j'en fais une affaire personnelle.

L'interdiction de renouer avec son ancienne vie tant qu'ils vivraient ensemble l'empêchait toutefois de se mettre en chasse. Et l'honnêteté l'accaparait beaucoup plus qu'il ne l'avait imaginé.

Ces six portraits étaient donc ce que l'oncle Symphorien avait appelé « son grand-œuvre » lors d'un dîner à la clinique. Lupin s'y connaissait en tous styles picturaux, il avait depuis longtemps livré son verdict au sujet des œuvrettes qui ornait leur domicile.

— C'est amusant, mais ça ne révolutionnera pas le Salon d'Automne[1].

Comme elle ne disait rien et qu'il avait encore la sensation d'avoir proféré une sottise, il lui demanda :

— M'aimes-tu ?

— Je crois que je pourrais te haïr, répondit-elle. Ça veut sûrement dire que je t'aime.

Il aurait apprécié qu'ils se fassent des confidences sur leur vie passée pour se connaître mieux. Il se lança.

— J'ai volé le collier de Marie-Antoinette quand j'avais six ans.

Elle leva les yeux au ciel.

— Tu devrais être un peu sérieux de temps en temps.

— Mais je suis sérieux ! À toi !

Rosaline raconta qu'elle avait perdu ses parents vers ses douze ans. Elle avait été recueillie par son

1. Depuis 1903, le Salon d'Automne présentait chaque année au Petit Palais les œuvres des peintres contemporains jugées dignes d'intérêt. C'est là que naquirent les expressions « fauvisme » et « cubisme ».

oncle Symphorien, qui n'était pas marié et dont elle avait pratiquement tenu le ménage. Le médaillon qu'elle portait au cou contenait un portrait d'elle qu'il lui avait offert pour ses vingt ans. Il vivotait, il était très naïf, mais il s'était toujours montré gentil avec elle, bien qu'il fût certainement le plus fragile des deux. Penser à l'oncle Symphorien lui fit venir les larmes aux yeux. Après les avoir séchées à l'aide d'un mouchoir, elle sortit un papier de son sac à main.

— Je dois t'avouer quelque chose. J'ai reçu une lettre.

Sur un feuillet plié en quatre, on pouvait lire ces mots :

Rendez-moi mes tableaux !

— Je crois qu'il est temps que je te raconte ce qui est arrivé à mon oncle, dit-elle.

L'année précédente, Symphorien avait perdu son emploi – il décorait des meubles pour un ébéniste qui l'avait subitement remercié sans explications. Coupé de toute vie sociale, il s'était enfermé un peu plus dans son monde à lui. Accaparée par son propre travail, Rosaline ne pouvait s'occuper de lui dans la journée, d'autant qu'ils avaient dû renoncer à leur appartement. Elle s'était installée dans cette résidence pour femmes seules et lui dans une chambrette, mais il passait le plus clair de son temps à errer à travers la ville. Un jour qu'elle se rendait au dispensaire qui l'employait, elle avait secouru un monsieur qui s'était tordu la cheville juste devant elle sur le trottoir. Elle l'avait aidé à entrer dans une pharmacie et l'avait bandé, ce dont il s'était montré vivement reconnaissant. Il s'était présenté comme étant Marcel Legrand, directeur de la clinique du même nom, et s'était dit impressionné par ses compétences, son esprit d'initiative, sa douceur et son sang-froid. Bref, il lui avait offert de travailler dans son établissement pour un salaire majoré.

— Je tombais bien, il cherchait justement quelqu'un pour tenir l'accueil.

— Oui, tu tombais bien, dit Lupin, qui avait appris de longue date que le talent d'un bon criminel consiste à organiser le hasard. Boitait-il toujours, le lendemain ?

Maintenant qu'elle y repensait, il s'était rétabli à une vitesse étonnante. De son côté, l'oncle Symphorien s'enferrait dans la dépression. Elle n'avait pas osé en parler au Dr Legrand, mais ce dernier n'avait pas tardé à l'apprendre d'une indiscrétion du personnel. Mû par un de ces élans de générosité dont il était coutumier, il avait aussitôt proposé à Rosaline de le prendre à la clinique en qualité d'hôte gratuit. Elle avait cru qu'elle venait de rencontrer le Grand Saint Nicolas.

Legrand s'était bientôt déclaré grand admirateur du talent de Symphorien. Il avait même eu la bonté de lui faire installer un atelier sous les toits pour que son séjour ne l'empêche pas de peindre. Symphorien s'y enfermait des journées entières. Comme il refusait de montrer son « grand-œuvre », Rosaline avait longtemps ignoré de quoi il s'agissait. Mais puisqu'il allait mieux, que les frais étaient couverts et que le bon docteur approuvait tout, elle ne s'était pas inquiétée.

Lupin se remémora les échanges qu'il avait eus avec Symphorien Cotonec. Il l'avait pris pour un fou à cause de son obsession pour la peinture, mais n'était-ce pas naturel à un artiste d'être obsédé, surtout un artiste malmené par la vie, à qui la possibilité de travailler en paix était soudain offerte ? Cet homme avait une revanche à prendre. Si Rauconnière acceptait d'entretenir un vrai malade qui ne payait pas, c'était qu'il y trouvait son intérêt d'une manière ou d'une autre. Il aurait tiré bénéfice de Van Gogh du temps où ce peintre était inconnu, quitte à revendre son oreille coupée comme relique de saint François de Sales, patron des sourds-muets.

— Ton oncle faisait-il par hasard des copies de peintures anciennes ?

— Ça lui arrivait. Mais il était d'une honnêteté scrupuleuse.

Un jour, il avait déclaré à sa nièce que son grand-œuvre était achevé. Comme elle lui demandait ce que c'était, il lui avait expliqué que le Dr Legrand avait parlé de lui au directeur d'un atelier de restauration qui cherchait de bons artisans. Hélas, cet homme le trouvait trop âgé, il craignait que sa main ne tremble et que sa vue n'ait baissé. Pour livrer la preuve qu'il était en pleine possession de ses moyens, il aurait fallu lui montrer de quoi il était capable, aller au bout de ses possibilités, accomplir un travail époustouflant. Le docteur avait eu une idée : il lui avait suggéré de peindre des « à la manière de » dont la perfection impressionnerait n'importe qui. Son emploi, et même sa renommée, seraient dès lors assurés !

Tout en écoutant ce récit, Arsène reconstruisait l'histoire du point de vue de Rauconnière. Après avoir découvert le talent de Symphorien chez son patron, il avait décidé que c'était le peintre dont il avait besoin. Il s'était arrangé pour le faire renvoyer. Puis il avait fait en sorte de rencontrer la nièce « de façon fortuite » et l'avait engagée. De fil en aiguille, il avait attiré à lui le tonton dépressif et l'avait mis au travail. Restait à savoir ce qu'était ce grand-œuvre, car ces portraits tout juste ébauchés, monochromes, d'un style très moderne et signés d'un inconnu n'avaient guère de valeur. Rauconnière dépensait beaucoup et n'avait rien d'un mécène.

Lupin se rappela cette conversation qu'il avait surprise dans l'escalier entre lui et le peintre, juste avant la mort de ce dernier :

« – Mais c'est interdit..., avait dit Symphorien.

— Seulement si vous les vendez, avait répondu Legrand sur le ton d'un homme qui sait. Vous ne comptez pas les vendre, je pense ?

— Bien sûr que non !

— Alors tout va bien », avait conclu le faux directeur.

Où était donc passé le travail du tonton ? Si Rauconnière n'avait pas mis la main dessus, qu'était-il arrivé à cette peinture ?

— Je jure que je n'ai pris que ces toiles-ci, dit Rosaline. Quand Rauconnière et ses brutes sont venues chez moi, elles étaient chez l'encadreur.

Voilà qui expliquait comment Rauconnière l'avait retrouvée : il avait dû avoir l'idée de se renseigner chez l'encadreur de Fontenay-aux-Roses qui les leur avait livrées. Lupin alla chercher dans la cuisine un peu d'eau et un torchon.

— Tu permets, ma chérie? dit-il en décrochant l'un des tableaux. Je veux vérifier quelque chose. Je n'abîmerai qu'un centimètre carré dans un angle.

Il se mit à frotter. En se dissolvant, la peinture à l'eau laissait apparaître de la peinture à l'huile.

— Il y a une autre œuvre dessous. Je peux?

Elle hocha la tête.

Au fur et à mesure que la Rosaline à l'eau s'effaçait, une Rosaline à l'huile se révélait. Quand Arsène eut nettoyé les six toiles, ils eurent sous les yeux six portraits tout à fait différents. On y voyait Rosaline par Vermeer, une grosse perle à l'oreille, une autre par Zurbarán, en Vierge à l'enfant, un voile sur la tête, par le Titien, en nymphe coiffée de fleurs, par Manet, abritée sous une ombrelle. C'était toujours le même trois-quarts face, mais sous la patte d'artistes différents, du moins en apparence. La Rosaline de Goya portait la mantille, celle de David, un bonnet phrygien, façon « héroïne de la Révolution ».

Lupin examina les œuvres à la loupe. Elles semblaient avoir été peintes sur de vieilles toiles, à l'aide de pigments à l'ancienne, par-dessus des œuvres d'époque sans intérêt. Ils avaient sous les yeux six tableaux de maîtres que n'importe quel amateur d'art aurait rêvé de contempler. Pour autant qu'il pouvait en juger, et il en avait jugé beaucoup, chez bien des collectionneurs convaincus de posséder des peintures de prix, celles-ci étaient parfaites, aussi bien par la technique que par l'authenticité du matériel.

— La bonne nouvelle, ma chérie, c'est que tu es riche.

La mauvaise nouvelle, c'était que Rauconnière ne la lâcherait jamais. Une fois habilement vendus aux quatre coins du globe, ces faux lui rapporteraient de quoi ouvrir la plus grande clinique du monde spécialisée dans le traitement des bien-portants. Il lui resterait même de quoi s'offrir un asile de faux vieux et un hôpital de faux malades si cela lui chantait. Rosaline l'avait privé de ses jouets favoris. C'était assez pour lancer sur elle les foudres de Zeus.

— Comment ces œuvres sont-elles entrées en ta possession ? demanda Arsène. Ton oncle te les a offertes ?

— Pas exactement.

Poussée par la curiosité, elle avait gravi l'escalier et elle était entrée dans l'atelier. Elle avait vu les six portraits d'elle monochromes, ces toiles qu'il refusait obstinément de lui montrer. C'était donc ça, le grand-œuvre ? Des peintures bizarres, invendables ? Elle s'était dit qu'il avait totalement perdu l'esprit, elle l'avait plaint. Puis elle avait eu l'idée de lui faire une surprise. Elle les avait fourrées dans un grand sac et les avait emportées pour les faire encadrer. Un peu plus tard, on lui avait appris que son oncle s'était pendu ; et, le matin suivant, que le Dr Legrand était un assassin en fuite. Depuis lors, elle se demandait si la pendaison de son oncle était un suicide ou un meurtre.

— Sûrement un meurtre, dit Lupin, qui pensait le contraire.

Pourquoi Rauconnière aurait-il tué son peintre avant d'avoir mis la main sur les toiles ? Si le tonton avait recouvert ses œuvres, c'était probablement parce qu'il avait compris qu'il s'était fait avoir. En constatant la disparition des tableaux, il avait dû croire que Legrand les lui avait subtilisées. La bataille était perdue, il était devenu un faussaire en plus d'être incompris. Il avait mis fin à ses jours.

Lupin crut inutile de dire à Rosaline qu'elle avait involontairement désespéré son oncle. Cet homme était voué de toute façon à commettre un tel geste. Tout ce qu'on pouvait faire, c'était épargner les vivants et empêcher Rauconnière de tirer profit de ses méfaits.

Quoi qu'il dise, Rosaline était rongée par la culpabilité. L'idée qu'elle avait peut-être poussé son oncle au suicide lui était insupportable.

— Ma chérie, que Rauconnière l'ait étranglé ou que ton oncle se soit pendu tout seul, cela ne fait aucune différence.

— Comment ça ?

Lupin était convaincu que Rauconnière l'aurait éliminé dès qu'il aurait pris possession des toiles. Il ne pouvait courir le risque de voir Symphorien clamer qu'il était l'auteur de ces œuvres sans prix. Et son art à lui, c'était le meurtre.

Rosaline n'avait guère eu le temps de réfléchir à tout ça jusqu'à ce jour. Arsène lui était tombé dessus avec une brassée de nouveaux problèmes. Les toiles n'avaient jamais représenté davantage à ses yeux qu'un souvenir de son oncle, un souvenir devenu très encombrant.

Lupin n'arrivait pas à les quitter des yeux. Quel travail remarquable ! Ah ! S'il était resté malhonnête ! Comme il se serait amusé avec elles ! Il aurait joué au roi des collectionneurs, aurait trouvé un vieux château où les exposer, recouvertes d'une noble poussière sur laquelle les experts auraient soufflé avec délice. Il aurait joui de leur bêtise. Il aurait eu le monde de l'art à ses pieds. Et, pour finir, il aurait escroqué quelques magnats, nababs et autres rois du charbon encombrés de millions dont il se serait fait un plaisir de les soulager. La vie, la vraie ! Escamoter des lingots d'or, c'était tellement plus amusant que d'escamoter des lapins blancs !

Quand Arsène et Rosaline pénétrèrent dans leur loge des Folies-Bergère pour se préparer, le lendemain, ils trouvèrent un feuillet plié en quatre qu'on avait glissé sous la porte. C'était un nouveau message de Rauconnière. Il la menaçait et désignait son compagnon comme « ce guignol de Zéphirus », ce qui laissait entendre qu'il n'avait pas reconnu Lupin. La fin du message était menaçante. Il rappelait à Rosaline qu'elle s'exposait chaque soir. Au milieu de la représentation, une balle partie de nulle part pouvait l'atteindre. En conclusion, il lui ordonnait de laisser les tableaux dans sa loge pendant le numéro.

— Il est temps que ce guignol de Zéphirus lui montre de quoi il est capable, déclara Arsène.

Jusque-là, il avait estimé qu'elle ne courait pas grand risque. Rauconnière ne la tuerait pas avant d'avoir obtenu satisfaction. C'était quand les peintures tomberaient entre les mains de ce maniaque que Rosaline serait vraiment en danger. Il ne fallait surtout pas lui obéir, mais se débarrasser de lui définitivement.

Rosaline ne partageait pas ce point de vue. Elle détestait la violence autant que le mensonge et, de toute façon, ces tableaux lui pesaient, ils lui rappelaient la fin tragique de son oncle, ils avaient été peints pour de mauvaises raisons, ils étaient nés de la tromperie et ne pourraient jamais apporter que malheur et tristesse. Elle implora Lupin de l'aider à s'en débarrasser. Si ce monstre de Rauconnière les voulait, qu'il se débrouille avec cette malédiction ! Sa vie à elle ne tournait pas autour du gain et de l'accumulation.

Lupin céda. Il courut à l'appartement, décrocha les œuvres et les apporta au théâtre. Mais il était moins fort pour obéir que pour imaginer des stratagèmes.

Ce soir-là, Rosaline assura sa prestation avec nervosité, elle ratait ses entrées, ses sourires étaient crispés, elle avait du mal à distraire l'attention du public tandis que Zéphirus changeait d'apparence.

Quand ils regagnèrent leur loge, les toiles étaient toujours là. De même qu'un bonhomme armé d'un gourdin qu'Arsène avait posté pour surprendre Rauconnière.

Ce dernier s'était douté de quelque chose, il avait changé ses plans. Rosaline était hors d'elle. À présent qu'il ne pouvait plus jouer à voler le bien des autres, Arsène jouait avec sa vie à elle !

— Tu es incorrigible et irresponsable !

— Ma chérie, nous devons le mettre hors d'état de nuire, sinon tu n'auras jamais la paix !

Elle lui ordonna de la laisser.

— Tu sais, Arsène, les femmes sont des créatures plus subtiles que les hommes. Elles n'ont rien à voir avec les pigeons que tu t'amusais à plumer à longueur d'année. Tu es si bien adapté à vivre dans un monde d'imbéciles que tu ne comprends rien aux femmes.

Lupin n'aimait pas qu'on lui donne tort, surtout quand on avait raison. Il s'en fut prendre un verre au bar pour oublier ses déconvenues. Quand il rentra à l'appartement, deux heures plus tard, elle n'y était pas. Il retourna au théâtre, que le gardien de nuit était en train de fermer.

Tout d'abord, la loge lui sembla vide. Il crut qu'elle était partie et qu'elle avait emporté les portraits. Mais son sac était accroché au dossier d'une chaise et son manteau pendait à la patère. Il n'eut qu'à déplacer quelques cintres pour la trouver, cachée par les costumes, avachie contre le mur. Étranglée avec une cravate bleue.

Comment cela avait-il pu arriver ? Lui qui contrôlait si bien tous les éléments de sa vie ! Une seule faiblesse, un seul écart, et voilà que son existence volait en éclats !

Il entendit un bruit derrière lui. Sur le seuil de la pièce, le gardien de nuit fixait le corps avec des yeux effarés. Lupin tourna les talons et s'en alla.

Le jour suivant, Robert Strangman, le directeur des Folies-Bergère, passa beaucoup de temps à discuter avec les policiers en charge de l'enquête. Le « Mystérieux Zéphirus » était le premier suspect dans la mort de son assistante, d'autant qu'il avait disparu. Un dénonciateur anonyme avait appelé le commissariat pour déclarer que le couple se disputait fréquemment.

— Pas ici, en tout cas, répondit le directeur.

Juste avant le lever de rideau, alors qu'on s'apprêtait à annoncer l'annulation du numéro de Zéphirus, celui-ci apparut sur scène dans un nuage de fumée, à la grande surprise du directeur, qui suivait le spectacle depuis le fond de la salle.

Le magicien commença par faire apparaître une photographie en pied à taille réelle de son assistante. Il s'adressait à la photographie comme à une personne vivante. C'était fort triste. Il offrit une rose à la photo, puis ce fut un déluge de roses.

— Ce n'est pas un numéro, dit Strangman, ce sont des funérailles.

Les gens applaudissaient vivement. C'était un exploit, car l'artiste n'avait plus personne pour distraire l'attention du public, hormis la photographie à taille humaine.

— C'est vraiment le plus grand magicien que je connaisse ! dit le directeur. Quel gâchis !

Il nota la présence d'inspecteurs en civil un peu partout. La police bloquait la salle. Le grand Zéphirus allait être arrêté à sa sortie de la scène.

Les spectateurs s'attendirent à voir l'assistante remplacer sa photographie dans un nuage de brume, comme si le portrait s'était animé. Mais quand la brume se dissipa, la photographie avait disparu, le magicien aussi. Le public comprit parfaitement qu'il venait d'assister à la démonstration d'un désespoir amoureux.

Les inspecteurs filèrent sous la scène, mais ne trouvèrent le fugitif nulle part.

— Avez-vous d'autres sorties ? demanda-t-on à Strangman.

— En plus de celles que vous surveillez ? Non. Mais ne vous fatiguez pas, vous ne le reverrez jamais. Cet homme est plus fort qu'Arsène Lupin.

15

Un plat qui se mange froid

Arsène Lupin reprit sa vie clandestine, bien que le mot « vie » fût très exagéré. Quand il était triste, il n'avait plus le cœur à l'escroquerie. Que valent les rivières de diamants face à une montagne de souffrance ? Nul trésor n'aurait pu combler le vide laissé par la disparition de sa femme, ni adoucir la peine qu'il ressentait de n'avoir pu l'empêcher.

L'enterrement de Rosaline eut lieu au Père-Lachaise, où l'on s'aperçut avec surprise qu'une magnifique chapelle bâtie un siècle plus tôt pour un prince d'Empire avait été mise à son nom une semaine avant sa mort tragique, si on en croyait le registre du cimetière et les documents comptables. La police s'était postée en embuscade, dans l'éventualité où le veuf aurait eu l'audace de se présenter. Autour de la tombe, on pouvait voir la cousine Emma, quelques employés des Folies-Bergère et un prêtre assisté par deux enfants de chœur. Les policiers se demandèrent lequel de ces messieurs pouvait être le magicien en fuite.

Pour faire les choses finement, la Sûreté avait délégué une brochette d'inspecteurs en civil. Rarement diplômé du Conservatoire d'art dramatique, le policier en civil ressemblait généralement à un quidam qui se promènerait avec un écriteau où l'on pourrait lire : « Vous voyez bien que j'ai retiré mon uniforme. » C'étaient tous des moustachus vêtus d'un vieux paletot et chaussés de solides godillots noirs cloutés. Leur œil inquisiteur se braquait sur chacun des participants comme pour un recrutement militaire. Les plus malins se donnaient la peine de renifler dans leur mouchoir de temps à autre comme s'ils avaient connu la défunte. L'un d'eux alla jusqu'à oser présenter ses condoléances à la cousine.

— C'est plutôt son mari qui mérite des condoléances, répondit Emma Cotonec.

— Hélas, nul ne sait où se terre cet individu, regretta le moustachu en chapeau melon.

— À mon avis, il n'est pas loin, dit Emma.

Le regard qu'elle posa sur son interlocuteur ne laissait aucun doute quant à sa conviction de s'adresser au Mystérieux Zéphirus en chair et en postiches.

— S'il était ici, ajouta-t-elle, je lui dirais que je suis disponible pour l'aider à traquer l'assassin. J'ai chez moi un bon pistolet pour faire sauter une cervelle pourrie.

— Je suis sûr que ce serait les meilleures condoléances qu'il pourrait recevoir, répondit l'inspecteur à moustaches.

— Personnellement, j'aimerais mieux le sifflement d'une lame tombant sur un cou.

Elle était plus forte que lui, il venait de prendre une leçon de ténacité.

De retour à sa tanière, il jeta toutes les bouteilles vides ou pleines qu'il avait accumulées ces derniers jours et passa le reste de la journée à méditer sur son malheur. Rosaline était-elle morte à cause de lui ? Rauconnière s'en était-il pris à elle par sa faute ? Les choses auraient-elles été différentes s'il s'était abstenu de venir le déranger dans sa clinique ? Non, sans doute pas. Les ennuis avaient commencé de pleuvoir sur Rosaline avant son arrivée, la machination était déjà en marche. S'il n'avait pas dérangé les plans de Rauconnière, ce dernier aurait certainement supprimé l'oncle et la nièce pour négocier ses faux tableaux en toute tranquillité. Mais la présence de Lupin n'avait fait aucune différence. C'était une constatation à laquelle il n'était pas accoutumé, elle lui faisait mal. Tant qu'il ne s'agissait que de subtiliser des sommes et des valeurs, il pouvait se croire un demi-dieu. Quand on abordait le domaine des sentiments, qui faisaient le vrai prix de l'existence, il n'avait plus aucun pouvoir sur rien.

Le lendemain, il tomba par hasard sur son psychologiste préféré dans un bistrot que ce dernier fréquentait tous les midis.

— Dr Kloucke ! s'exclama un vieillard chenu qui parlait avec la voix d'Arsène Lupin. Vous ici ! C'est la providence !

— Étant donné que cet endroit est ma cantine, dit l'aliéniste, je crois que la providence peut être écartée de la liste des suspects.

Il accepta de suivre son patient au fond de la salle pour un déjeuner qui se changea aussitôt en séance de thérapie. Lupin lui raconta sa rencontre avec Rosaline, son mariage, et comment l'histoire s'était achevée.

— Oh, Marcel Legrand... dit Kloucke. Très bon praticien ! Je vous l'aurais recommandé s'il ne s'était agi d'un étrangleur !

Ce mot d'esprit du Dr Kloucke avait pour but de cacher son émotion. Il n'avait jamais cru que son patient aurait été capable de se lier durablement à une femme. Pas avant cinq ou six ans d'entretiens réguliers avec lui, en tout cas.

— Vous avez gagné notre pari, conclut-il.

— Je sais ce que vous allez me dire, déclara Lupin. Pardonnez à ceux qui vous ont offensé, vous vous sentirez mieux. Mais j'ai du mal.

— Vous me prenez pour un curé ? Vous vous croyez à confesse ?

— Vous allez me conseiller d'aller de l'avant, de tourner la page, de faire la paix avec moi-même...

— Si vous faites les questions et les réponses, pourquoi venir me voir ?

— Ne faut-il pas être en paix avec son passé ?

— Certainement pas dans n'importe quelles conditions.

— Vous n'allez pas m'engager à la vengeance, tout de même ?

— Je n'emploierais pas ce mot.

— Vous voudriez que je le tue ?

— Je ne suis sûrement pas d'avis de tuer les malades mentaux.

Kloucke considérait Rauconnière comme incurable et terriblement dangereux. La seule solution acceptable consistait à l'enfermer à vie dans un institut spécialisé. La prison de la Santé, par exemple.

— Donnez-vous un but précis, conseilla-t-il à Lupin tout en terminant sa blanquette. Il vous sera plus facile de mettre en œuvre les moyens d'y parvenir.

Plus il entrevoyait la perspective d'une vengeance difficile, voire impossible, plus Lupin reprenait du poil de la bête. Il n'allait pas tuer son ennemi, il allait détruire pierre par pierre tout ce que cet homme avait bâti. Quand il aurait fini, Rauconnière se livrerait de lui-même à la justice pour le fuir.

— Sur cette bouteille de chablis premier choix, je jure d'amener Rauconnière à avouer spontanément ses crimes devant les autorités ! Quand j'en aurai terminé avec lui, il se condamnera lui-même à une réclusion perpétuelle !

Amédée Kloucke le mit en garde. En plus de ne tolérer aucun obstacle à la réalisation de ses désirs, Rauconnière n'hésitait pas à tuer, avec ou sans motif. Les gens n'étaient pour lui que des objets dont il usait à sa guise. Quand il n'en avait plus besoin, il s'en débarrassait. Toute son activité consistait à édifier des stratagèmes ingénieux pour accomplir ses volontés. Bref, ils avaient affaire à un calculateur sybarite et sans scrupule. C'était un adversaire comme Lupin n'en avait encore jamais connu, il ne fallait pas le sous-estimer. Kloucke lui accorda une pause dans son traitement pour qu'il puisse régler ce problème.

Un soleil radieux se leva dans l'esprit de Lupin.

— Alors je pourrai mentir ? Tricher ? Voler ? Duper ? Flouer ? Monter des arnaques ? Oh, je crois que je vais l'aimer, cette vengeance !

Il achevait de se revigorer. Ces séances de psychologie appliquée lui étaient vraiment profitables. Il laissa Kloucke poursuivre son repas en paix. Quand le docteur eut fini, le patron lui apporta un vieux cognac en manière de digestif.

— C'est offert par votre ami qui a payé.

— Il a payé l'addition ? s'étonna Amédée Kloucke.

— Non, monsieur, il a payé tous vos repas pour les douze mois à venir.

Lupin décida qu'il ne devait surtout pas informer la police de cette histoire de peintures contrefaites. Cela aurait certes embêté Rauconnière, elles auraient perdu toute valeur, mais il se serait tourné vers une autre escroquerie, quitte à tuer quelqu'un pour prendre sa place, comme il l'avait fait du Dr Legrand. Tant qu'il resterait dans le commerce de l'art, il ne songerait pas à faire plus de mal que ça, et ses faux tableaux le rendraient repérable. « Si tu ne viens pas à Lupin, tes toiles mèneront Lupin à toi ! », se dit Arsène.

Où Rauconnière pouvait-il en être ? Il s'était forcément forgé une nouvelle identité. Probablement s'était-il aussi créé une nouvelle apparence. S'il voulait mener une vie agréable, il devait se rendre méconnaissable. Il s'installerait dans le luxe dès qu'il aurait conclu sa première vente, ce qui n'allait donc pas tarder.

La seule conclusion certaine que Lupin pouvait tirer de tout ça, c'était qu'il allait avoir besoin d'aide.

L'agence de détectives Privitas occupait des bureaux bruyants aux murs miteux peuplés de messieurs mal dégrossis. Tout cela changeait d'autant moins Lucien Dantry du Quai des Orfèvres qu'il avait rejoint la cohorte des officiers de police dont l'administration avait décidé de se passer. À lui les constats d'adultère, la surveillance des maris volages, des femmes infidèles, et toutes ces indiscrétions dont un gentleman ne devait pas se mêler. À propos de gentleman, il y en avait un qu'il aurait bien aimé arrêter pour lui apprendre à compromettre la carrière de brillants inspecteurs qui ne lui avaient rien demandé.

La voix d'un collègue s'éleva depuis le bureau contigu.

— Lucien, un client pour toi !

Il ouvrit sa porte à un gros bonhomme aux bacchantes retroussées qui avait tout d'un charcutier prospère. Cela sentait le « ma femme me trompe avec le marchand de vins, fournissez-m'en la preuve, je souhaite me remarier avec ma caissière ». Le commerçant s'assit dans un fauteuil à peine assez large pour contenir ses chairs débordantes, et Dantry fit de même en face de lui, de l'autre côté d'une table surchargée de désespérants rapports de filatures.

— Mon petit Lucien, je suis désolé de t'avoir fait chasser de la police, dit le client. De mon point de vue, c'est plutôt une chance, mais nous ne sommes pas forcés d'avoir tous le même point de vue.

— Plaît-il ? Nous nous connaissons ?

— Tu ne me reconnais pas ? s'étonna le cocu, qui parlait à présent d'une voix toute différente. Pourtant nous avons passé du temps ensemble, à Fontenay-aux-Roses.

Il fallut quelques instants de perplexité à Dantry pour qu'il se souvienne d'avoir déjà entendu cette voix à la clinique du Dr Legrand : c'était celle d'Oscar de Fauconnet, le prétendu paranoïaque qui l'avait mis sur la trace de Rauconnière ! Il bondit sur ses pieds.

— Je vais vous faire enfermer, on me reprendra peut-être, à la Sûreté !

— Ne mentionne jamais mon nom là-bas, mon petit Lucien, tu vas encore t'attirer les foudres de Ganimard. Je te propose un moyen plus sûr de retrouver ta place, et même davantage.

Lupin avait décidé de lui révéler un détail qui avait échappé à tout le monde. Dans sa clinique, Yves Rauconnière hébergeait un peintre qu'il encourageait à fabriquer de faux tableaux de maîtres. Si Dantry l'aidait à remettre la main sur l'étrangleur, il lui donnerait un rôle dans l'arrestation. Ce serait sa revanche sur Ganimard, son nom serait cité partout.

— Et vous ? demanda Dantry. Qu'est-ce que vous y gagnerez ?

— D'avoir effacé mes torts envers toi, d'abord, ce qui n'est pas rien. Et ensuite j'ai une vengeance à tirer de Rauconnière. Il a tué quelqu'un que j'aimais.

— Ah. J'ignorais que vous étiez si proche de MM. Loissery et Cochodon.

— Il ne s'agit pas d'eux. Tu n'as pas besoin de tout savoir. Trouve-moi les renseignements dont j'ai besoin, tu seras récompensé au centuple.

Il remit à Dantry une liste : Vermeer, Zurbaràn, Manet, Goya, David et le Titien. Il fallait enquêter sur toute vente de portraits féminins attribués à ces peintres. Le vendeur allait sûrement se faire discret, il utiliserait peut-être un prête-nom ou un intermédiaire, ce qui ne rendrait pas la tâche facile.

L'énorme commerçant s'arracha au fauteuil comme s'il portait l'avenir de la charcuterie sur ses épaules et quitta un Dantry perplexe, qui resta seul dans son bureau, un petit bout de papier à la main et des questions plein la tête.

Pendant qu'Arsène Lupin forgeait avec soin la nouvelle identité qui allait lui servir à piéger Rauconnière, Lucien Dantry s'activait pour restaurer ses chances de faire une belle carrière dans la police officielle. Il fit le tour des experts, des galeristes, des antiquaires, et même des conservateurs des principaux musées. Officiellement, aucun nouveau portrait d'un de ces six maîtres illustres n'était apparu sur le marché de l'art depuis dix ans. Le dernier portrait miraculeusement surgi des limbes de l'oubli était une *Judith* de Rembrandt que tout le monde avait jugée sublime, jusqu'à ce qu'il fût établi qu'elle était en réalité une *Salomé* d'un petit maître flamand, ce qui lui avait valu d'atterrir dans le ranch d'un collectionneur texan, autant dire une poubelle.

Néanmoins, une rumeur courait les salons les mieux informés. Une jolie petite pièce de Manet intitulée *Jeune Femme à l'ombrelle* aurait été cédée à grand prix par un vendeur resté anonyme. La transaction avait été conclue dans le plus grand secret, mais l'acheteur avait voulu montrer l'œuvre à tout ce que la plaine Monceau comptait de banquiers et d'amateurs de belles choses coûteuses. Impossible en revanche d'obtenir le nom ni l'adresse de l'ancien propriétaire, il avait employé un marchand de la rue Bonaparte qui était bavard comme une carpe logée dans une tombe.

Dantry savait que, quand les grands de ce monde refusent de vous parler, il faut s'adresser à leurs domestiques. En usant ses semelles sans ménager le contenu de son porte-monnaie, il parvint à établir que les transporteurs professionnels qui s'étaient chargés de promener l'œuvre chez deux ou trois amateurs fortunés étaient allés en prendre livraison à Neuilly-sur-Seine. On ne leur avait pas dit si le monsieur qui l'avait confiée à leurs mains gantées était le propriétaire, mais ils l'avaient décrochée d'un mur de son salon, ce qui pouvait passer pour un indice. Faute d'avoir obtenu l'adresse exacte, Dantry avait donc bien circonscrit le périmètre : le nombre des suspects se réduisait aux soixante mille habitants de cette banlieue cossue, et si l'on excluait tout ce qui était serviteur, pauvre, enfant ou femme, le nombre se réduisait à moins de dix mille. Un jeu d'enfant pour un esprit aussi affûté que celui de Lupin !

Ce dernier se montra fort content du résultat de cette sous-traitance. Se dédoubler était très commode, ça permettait d'aller deux fois plus vite.

— Jeune homme, dit le charcutier, à leur deuxième rencontre, je te promets la gloire, et à Ganimard la honte. Cette honte lui étant acquise depuis longtemps, je me concentrerai sur ta gloire.

Il déposa sur le bureau une liasse de billets qui n'était qu'un modeste témoignage de sa reconnaissance et quitta l'agence avec à l'esprit un seul mot : Neuilly.

Rauconnière s'était fait la main sur le Manet parce que c'était le peintre le plus récent du lot. Ses œuvres avaient une grosse cote, mais n'attiraient pas autant l'attention que l'auraient fait un Titien ou un Vermeer sortis des limbes.

Les hommes s'attrapent par leurs faiblesses, or l'unique faiblesse de Rauconnière était son éternel besoin d'argent, cet argent qui lui était nécessaire pour étancher sa soif de luxe et de manipulation. Lupin n'avait pas de leçons à recevoir dans ce domaine, il allait lui montrer qu'il maîtrisait parfaitement les deux, et sans avoir jamais besoin de serrer le cou des gens dans des nœuds coulants en soie.

16

Les fourberies de Lupin

La lecture favorite de Lupin était la liste des soldats déclarés disparus lors des différents conflits coloniaux dans lesquels la France s'était engagée ces dernières années. Souvent, notamment quand ce malheureux n'avait plus de famille proche, l'armée omettait de transmettre l'avis de décès à la commune de naissance pour l'inscription au registre d'état civil.

Ce jour-là, un généalogiste chenu qui avait tout d'un respectable professeur en retraite se présenta au ministère de la Guerre, où il était connu comme le loup blanc et même comme le loup chauve. Il était à la recherche de renseignements d'archives sur ces héros oubliés dont le corps n'avait pas été retrouvé, de préférence au cours des deux décennies écoulées. C'était pour la rédaction d'un ouvrage à la gloire de nos combattants, publié aux frais de l'Institut, et qui ferait les délices des amateurs de reliures pleine peau à inscriptions dorées pour garnir leurs rayonnages.

On mit à sa disposition des classeurs remplis de noms et de dates où il repéra un certain Léon Forgeay, né de père inconnu, célibataire, sans enfants, sans attaches et sans sépulture, dont nul ne viendrait jamais lui disputer l'identité.

L'arrivée, huit jours plus tard, d'un extrait d'état civil dudit Forgeay lui confirma que, pour ce qu'en savait sa mairie de naissance, cet homme était toujours vivant. Il ne restait qu'à donner de la consistance à cette fiction. Le premier document fit des petits, Lupin en tira une carte d'identité tout à fait authentique et un permis de conduire qui l'était presque autant. Muni d'un éventail complet de pièces officielles, Léon Forgeay ressuscita un peu plus chaque jour, de papier en papier. Il posséda bientôt des diplômes, des attestations, un domicile, et même une activité, car c'était un mort qui travaillait : il n'était pas de ces défunts qui considèrent que leur décès est un prétexte pour se tourner les pouces. Lupin lui rendait l'existence dont la guerre l'avait privé. Quand il en vint à lui rendre un corps, on aurait même pu dire que Léon Forgeay avait bien profité de la vie depuis son trépas, il avait forci et présentait toutes les marques d'un bon vivant. Lupin campait un Forgeay ventru, joufflu, pourvu d'une moustache brune et broussailleuse. Ça le changeait des petits messieurs séduisants et quelque peu futiles qu'il incarnait d'habitude. Il était trop occupé pour vouloir plaire aux dames, et d'ailleurs, il était en deuil.

Les goûts de Léon Forgeay s'étaient affinés depuis sa résurrection, il s'intéressait beaucoup moins à l'armée qu'aux beautés artistiques.

Aussi se débrouilla-t-il pour être invité à admirer *Jeune Femme à l'ombrelle* chez l'heureux collectionneur qui avait eu la chance d'acquérir une œuvre si rare. Il se présenta au domicile de ce dernier avec haut-de-forme et monocle, montra une carte au nom du « prince Rénine de Saint-Pétersbourg, chambellan de la tsarine Alexandra ». On ne pouvait fermer sa porte à un tel homme, cela aurait été comme laisser la tsarine sur le palier.

Le propriétaire fut d'ailleurs touché de voir le visiteur être ce point fasciné par son acquisition. Cet homme n'arrivait pas à en détacher son regard, on rencontrait rarement de si grands amateurs de Manet.

C'était bien le visage de Rosaline que contemplait Lupin sur cette toile censée avoir été peinte avant sa naissance.

Le collectionneur avait pris des mesures de protection : verrous sur les portes, alarme électrique ultra moderne sur le tableau et gros chien baveur sur les tapis. Un portrait unique entouré de mystère risquait fort d'intéresser un cambrioleur comme, par exemple, Arsène Lupin !

— Vous avez bien raison, dit le prince Rénine.

En lui-même, il se dit que cet homme ne savait pas à quel point il avait raison. Le propriétaire était content de lui, il avait eu du flair, il avait raflé l'œuvre à la barbe de plusieurs amis. Un de ses descendants l'offrirait un jour à un musée où *Jeune Femme à l'ombrelle* trônerait à côté d'une étiquette à son nom, entre une botte de foin de Monet et une danseuse de Degas.

Le prince Rénine approuva fort ce projet, il aurait aimé voir ça. Très flatté d'avoir reçu le chambellan de la tsarine, presque la tsarine elle-même, son hôte lui offrit un verre de porto que le prince eut la bonté d'accepter. Ils le dégustèrent en compagnie de madame, qui avait revêtu en hâte sa plus belle robe et jeté sur ses épaules un renard gris dont on lui avait affirmé qu'il avait été tué dans l'Oural, au cœur de la Sainte Russie. Entre deux confidences sur la vie au Palais d'été, le prince parvint à interroger son hôte sur les circonstances de cet achat miraculeux. L'amateur d'art pensait que l'ancien propriétaire tenait à l'anonymat à cause d'un divorce difficile. On lui avait montré des photographies du château de famille où le tableau avait passé les trente dernières années, et l'on voyait parfaitement la marque laissée sur le mur par le cadre qui venait d'être décroché.

— Ces châtelains de vieille souche sont souvent des gens bizarres, dit madame. J'ai cru qu'il allait dévorer ma servante des yeux.

— Il est donc venu ici ? demanda Rénine.

Le mari parut contrarié.

— Ma chère, nous avions promis le silence...

— Oh, il n'y a pas de mal, voyons, mon ami. Cet homme était obsédé par l'anonymat. Il est venu nous montrer les photos, mais c'est surtout Marie qui l'a intéressé.

— J'espère que cette personne se porte bien ? dit Rénine.

— Très bien, c'est elle qui vient d'apporter ce plateau.

Avant de les quitter, Rénine demanda à se laver les mains et poussa la visite jusque dans les communs. La jolie jeune femme blonde et bouclée qu'il aperçut dans la cuisine le convainquit de l'urgence de mettre Rauconnière hors d'état de nuire.

Chez Emma Cotonec, l'atelier de paniers en osier était silencieux et vide. Plus personne n'y travaillait et les réserves avaient été déménagées. La cousine de Rosaline n'avait plus rien de pétillant, elle était en grand deuil, emballée dans des voiles de crêpe. Elle eut elle-même du mal à connaître dans ce bonhomme ventru le mari de Rosaline qu'elle avait connu svelte, souple et sans aspérités, au physique comme au moral. Quand elle se fut convaincue d'avoir devant elle celui que sa cousine avait le plus aimé au monde, elle commença par lui marteler la poitrine de manière répétée jusqu'à ce qu'il se décide à lui saisir les poignets.

— Arrêtez ! fit-il. Je ne l'ai pas tuée !

— Mais vous ne l'avez pas protégée non plus ! répondit-elle.

Elle se laissa tomber dans un fauteuil. Son entreprise allait à vau-l'eau, elle n'avait plus le cœur à rien. Décidément, ni Rosaline ni l'oncle Symphorien n'avaient eu de chance dans la vie !

— Leur malchance a été de croiser la route d'un assassin, dit Lupin.

Il lui expliqua les ressorts de l'affaire. Le coupable se nommait Yves Rauconnière. Il s'était évanoui dans la nature avec les faux qu'il avait poussé l'oncle Symphorien à peindre. C'était désormais un homme riche avec du sang sur les mains. Beaucoup de sang, car il n'avait pas tué que des membres de leur famille.

— Oh mon Dieu ! s'écria-t-elle. Pourquoi la police ne m'a-t-elle pas dit tout ça ?

— Parce qu'elle en ignore tout.

— Il faut faire quelque chose, je ne peux pas vivre avec l'idée que l'assassin de Rosaline est récompensé de son crime.

Lupin non plus. Il s'était promis de tout faire pour qu'on n'en reste pas là.

— Vous ? dit Emma. Vous allez passer de magicien à justicier ? Je ne crois pas que maîtriser l'illusion et la réalité soient le même métier.

— Il se trouve que je sais faire les deux.

— Et vous avez besoin de moi pour le coincer ?

— Je pourrais demander à quelqu'un d'autre, mais j'ai idée que ça vous fera du bien à vous aussi.

Elle promit de lâcher ses paniers en osier dès qu'il le faudrait.

— J'espère que vous le ferez souffrir avant de le tuer.

— Je ne le tuerai pas, dit Lupin, ainsi, il souffrira plus longtemps.

— Que prévoyez-vous ? De le faire arrêter pour trafic de faux tableaux ?

— Surtout pas ! Les acheteurs refuseraient de porter plainte pour ne pas perdre leur investissement. Le marché de l'art a horreur des scandales, ils font tomber la cote. Rauconnière passerait tout au plus quelques mois en prison en attendant un non-lieu.

— Quelques mois, ce n'est pas assez.

— C'est pourquoi j'ai d'autres projets. Nous allons le faire arrêter sur des charges plus graves et tout aussi fausses que ses tableaux.

Quand elle le rejoignit à Neuilly, deux jours plus tard, ce fut au tour de Lupin de ne pas la reconnaître. La brune Emma qui portait sa chevelure en chignon serré arborait à présent une toison blonde dont quelques mèches bouclées tombaient sur ses épaules. Il resta ébahi. Elle ressemblait à une version plus mûre de Rosaline, c'était presque cruel.

— Je ne croyais pas que vous étiez du genre à vous pomponner comme ça.

— Je ne croyais pas être du genre à traquer un assassin, répondit-elle.

Ils avaient en face d'eux la devanture d'un restaurant que Lupin-Forgeay était sur le point d'ouvrir. Deux ouvriers accrochaient une enseigne peinte dans des tons voyants où l'on pouvait lire : « Au Chapon bien plumé, spécialités gastronomiques du terroir ».

— Ce n'est pas une cuisine très raffinée pour un endroit comme Neuilly.

— Il me suffira qu'elle plaise à une seule personne, répondit Lupin.

Il s'était rappelé les menus de la clinique Legrand, conçus selon les goûts de son directeur. À l'entrée de l'établissement, une ardoise annonçait lesdites spécialités, au premier rang desquelles le fameux ragoût d'abats faisandés dont se délectait Rauconnière. Emma fit la grimace en découvrant la tambouille que mitonnait Lupin.

— Il y a des gens pour aimer ça ?

— Notre homme adore.

— De la part d'un fou, je ne m'en étonne pas.

— Vous allez apprendre la cuisine des fous.

Les jours suivants, tandis qu'elle s'exerçait à faire flamber les rognons, il distribuait des prospectus publicitaires sur toutes les places de la ville.

— Soyons modernes ! Aujourd'hui, dans le commerce, il faut appliquer les techniques de la pêche au gros ! On ne doit pas lésiner sur les appâts !

Le soir, il officiait aux fourneaux et se contentait de guetter la salle quand il le pouvait, sa toque sur la tête. En revanche, Emma se montrait beaucoup, elle faisait désormais partie des appâts.

Depuis son poste d'observation, Lupin cherchait parmi ses clients une silhouette qui aurait ressemblé au souvenir qu'il gardait de son ennemi. La première semaine, il repéra successivement deux bonshommes qui auraient pu être un Rauconnière fortement retouché et se décida à quitter sa tanière.

— Délicieuse, votre fricassée de grives au boudin noir ! complimenta l'un.

— Il est si difficile de trouver de bonnes tripes à Paris ! dit l'autre le lendemain. Les gens ne comprennent plus la poésie de la panse de vache nappée de sauce au vin !

Lupin leur fit son numéro de chef qui a parcouru les moindres villages à la recherche d'ingrédients rares, qui est allé lui-même cueillir les herbes sauvages en haut des montagnes et qui connaît quasiment par son petit nom chacun des animaux qui finissent dans ses marmites. Il terminait toujours par présenter la cousine Emma – rebaptisée

Gemma – qui « détenait les secrets culinaires ancestraux des femmes de sa famille, transmis de mère en fille sur huit générations ». Cela lui donnait une parenté avec les sorcières qu'on avait brûlées en d'autres temps pour des faits similaires.

— Vous m'envoûtez ! s'exclama le premier dîneur.

— Ça vous ragoûte ? demanda Lupin.

— Ça me ragoûte beaucoup ! dit le deuxième.

Hélas, il apparut que l'un fréquentait le quartier depuis plus de cinq ans, tandis que l'autre amateur de tripailles avait une charmante petite famille qu'il leur amena le jour suivant pour lui faire découvrir « le vrai goût du Poitou ».

Le troisième client au format Rauconnière qui vint se repaître comme s'il avait été privé de pitance pendant des mois se nommait Gaillard de Laroche, comme le leur apprit le chauffeur de taxi qui l'avait amené et qu'on récompensa d'un couvert gratuit.

L'instinct de Lupin reconnut Rauconnière avant son intelligence ou sa mémoire, non à son apparence, mais au fait qu'il n'arrivait pas à le regarder, tant sa vue provoquait en lui un mélange d'horreur et de colère. Au deuxième plat, il comprit d'où lui venait sa conviction : cet homme ne ressemblait en rien à Marcel Legrand, mais il retrouvait, pour manger, les mêmes gestes, les mêmes attitudes, la même façon d'ouvrir la bouche en grand comme s'il voulait engloutir l'univers entier, si bien qu'à ce moment, tous ses efforts de dissimulation étaient ruinés.

Léon Forgeay vint le saluer à la fin du repas, il lui offrit des digestifs venus d'abbayes lointaines qu'on ne pouvait pas refuser, et insista pour aider son client à monter dans le taxi du retour, ce qui fut l'occasion de lui piquer son portefeuille.

Une fois son dernier visiteur servi, Lupin s'en fut voir à quoi ressemblait le domicile de M. Pierre Gaillard de Laroche. Le dîneur habitait un pavillon prétentieusement nommé « villa Botticelli », sorte de réduction de château tout en meulière, avec une tour à fenêtres façon « meurtrières de forteresse » dans laquelle l'architecte avait aménagé un escalier de service en colimaçon. Les toits étaient pointus et garnis sur les crêtes de ferrures compliquées. C'était aussi accueillant qu'une résidence des Carpates pour vampire aux goûts petits-bourgeois.

Quand Lupin rentra au restaurant, la cousine Emma avait fait la fermeture. Il la rejoignit dans l'appartement qu'ils occupaient au premier. Elle avait à la main le médaillon de Rosaline qui contenait le portrait en miniature de la jeune femme peint par son oncle.

— C'est lui ? demanda-t-elle.

— Oh oui.

— Ça va marcher ?

— Il ne tient qu'à notre chère Gemma d'avoir raison de lui.

Il avait trouvé son nom sur la liste des passagers d'un paquebot qui avait fait naufrage cinq ans plus tôt au large de la Cochinchine. Les décès avaient été enregistrés par le consulat local, mais ses locaux avaient disparu le mois suivant dans un incendie causé par une révolte d'indigènes, si bien que les pièces n'avaient jamais été transmises. Gemma n'était qu'une modeste fille de cuisine employée sur ce navire, personne ne s'était inquiété de mettre en règle sa situation *post mortem*. C'était un fantôme qui s'apprêtait à entrer dans la vie de Rauconnière. Or, en quelque civilisation que ce soit, les griots, les conteurs et les ménestrels savent qu'une rencontre avec un fantôme se termine rarement bien.

17

L'art de faire dorer le chapon

Le lendemain, le gros restaurateur à moustache Léon Forgeay se présenta à la villa Botticelli. Il fut introduit par une jeune domestique replète, d'allure empruntée, aux cheveux à moitié cachés sous une coiffe de dentelle blanche. Pierre Gaillard de Laroche le reçut en robe de chambre et gueule de bois. Léon Forgeay lui rendit son portefeuille « qu'il avait trouvé sur la banquette du restaurant ». Les cinq cents francs en grosses coupures qu'il contenait n'avaient pas bougé. Gaillard de Laroche sembla moins soulagé de retrouver son bien que d'être dispensé d'une visite au commissariat. Sa gratitude s'élevait à hauteur d'un billet de cent qu'il tendit à son bienfaiteur.

— Pour votre peine.

— Oh, monsieur ! dit le restaurateur en refusant le pourboire. Vous êtes un client ! Je me contenterai d'espérer avoir le bonheur de vous revoir chez nous.

En attendant, c'était lui qui était chez son client. Gaillard de Laroche paraissait fatigué.

— Allez-vous bien ? s'inquiéta M. Forgeay.

L'homme en robe de chambre se sentait barbouillé.

— J'ai dû abuser de votre ragoût d'hier.

— Ce n'est pas possible, ça se digère tout seul, les couilles d'âne au gras double !

Tel n'était peut-être pas le cas des alcools offerts par le restaurateur à la fin du repas. Mais Léon Forgeay avait des solutions pour tout.

— Je vais vous arranger ça. Si vous voulez bien m'indiquer la cuisine…

— Vous n'avez qu'à descendre l'escalier de la tourelle.

Son visiteur s'en fut lui concocter un remède à toute épreuve. Il remarqua que les lieux n'étaient pas tenus comme il aurait fallu, tout était impeccablement propre et désespérément vide, on se serait cru dans la cuisine d'un hôpital désaffecté. C'était de toute évidence la femme de chambre ou la femme de charge en train de récurer la rampe en cuivre qui se chargeaient des repas au petit bonheur.

Dès qu'il eut avalé le remède, un œuf cru mélangé à un bouillon de poule agrémenté d'épices et de malédictions, le malade sentit un léger mieux.

— Si je peux me permettre, fit Forgeay avec son accent roulant, un monsieur comme vous devrait avoir un cordon bleu à sa disposition.

— À quoi bon ? Je suis tout le temps dehors !

— On digère mieux ce qui a été préparé chez soi. Je suis certain que vous dîneriez plus volontiers à la maison si vous saviez que vos plats préférés vous y attendent. Dites-moi combien de fois vous avez trouvé une bonne soupe d'œil de bœuf, à Paris ?

Son interlocuteur reconnut que cela n'arrivait pas très souvent.

— Ma Gemma veut quitter la restauration, c'est trop de soucis, ça la fatigue. C'est elle qui m'a tout appris. Vous devriez l'essayer. Si elle ne convient pas, je la reprendrai. Elle cherche une place où elle n'aurait plus à cuisiner que pour une seule personne, éventuellement pour ses amis quand il en vient.

— Je ne reçois jamais, dit Gaillard de Laroche.

— Heureux homme que nul ne vient accabler de ses ennuis !

— Maîtrise-t-elle les dix sauces principales de M. Escoffier ?

Forgeay baissa la voix, comme s'il s'apprêtait à révéler l'emplacement du trésor des Templiers.

— Elle sait faire les cœurs de bouquetin confits aux edelweiss. Je ne le dis pas trop fort, c'est un plat qu'on n'est plus censé préparer depuis qu'il est interdit de cueillir les edelweiss.

Son hôte avait suffisamment retrouvé la forme pour que cette évocation lui ouvrît l'appétit. Après tout, à quoi bon être riche si on n'a que les tracas de la fortune sans aucun des petits plaisirs ? Et quel meilleur plaisir que de déguster des mets interdits, prohibés et illicites ? Pierre Gaillard de Laroche décida de s'offrir ça. Il avait justement une chambre libre sous les toits. Il pria son visiteur d'attendre quelques instants et disparut en bas.

Tandis que l'heureux acquéreur d'une cuisinière presque neuve s'expliquait dans les communs avec le personnel, Lupin profita de ce moment de solitude pour ouvrir quelques tiroirs. À côté du salon se trouvait le genre de bureau où un homme d'affaires, un marchand de tableaux ou un assassin rangerait ses documents importants.

Le sous-main contenait un contrat avec la galerie qui avait écoulé le Manet de l'oncle Symphorien. Gaillard de Laroche venait de lui confier un deuxième portrait, celui signé David, où l'on voyait Rosaline en égérie de la Révolution française avec un bonnet phrygien. Vu les montants inscrits sur ce papier, quand Gaillard de Laroche aurait écoulé les six, il disposerait d'une grosse fortune. S'il se montrait aussi prudent qu'il l'avait toujours été, il n'allait pas tarder à changer de pays afin d'éviter d'attirer l'attention sur Paris, « la ville où l'on retrouve tous les quatre matins des chefs-d'œuvre perdus ». Qu'est-ce qui le retenait encore ici ? Soit il rechignait à s'éloigner d'un lieu où on lui servait des cœurs de bouquetin en sauce, soit il avait des affaires à régler avant de partir. Lupin ne devait pas le laisser leur fausser compagnie. Quelle déception si Emma se réveillait un beau matin dans une maison déserte avant d'avoir pu le passer à la broche !

Le bureau ne contenait en revanche aucune trace des paiements. Lupin releva seulement la mention « Pentecotte 2h » sur la première page d'un carnet de rendez-vous. C'était une piste qu'il allait devoir creuser.

Le jour même, « Gemma » se présenta pour emménager dans la maison de l'ogre, vêtue d'un manteau rouge et coiffée d'un chapeau assorti. Ses affaires étaient réunies dans un gros sac où elle avait entassé ce dont elle aurait besoin les premiers jours. Elle soumit immédiatement à son employeur le menu du dîner qu'elle comptait concocter pour lui. Il en saliva d'avance.

Elle avait fait un effort de toilette en son honneur. Quand elle ôta le chapeau, des mèches bouclées échappées de son chignon doré tombèrent en pluie sur ses épaules. Il en eut le souffle coupé. Non seulement il se réjouissait de profiter de ses talents, mais la dame l'émoustillait, elle était assez son genre de femme en plus d'être tout à fait son genre de cuisinière.

Il y avait déjà dans la maison une femme de chambre, une femme de charge et le mari de cette dernière, employé comme homme à tout faire, tous deux gardiens à mi-temps dans un immeuble du quartier. Ils se postèrent en rang et elle serra la main de chacun avec ce mélange de raideur et d'affabilité des explorateurs qui rencontrent une tribu indigène.

La cuisine était vaste, il fallait juste la débarrasser du linge que la femme de ménage faisait bouillir dans une lessiveuse posée sur le feu.

Quand on lui montra sa chambre, Emma vérifia que la porte fermait à clé. Une fois seule, elle sortit de son sac un verrou, une chignole et un tournevis pour ajouter une fermeture supplémentaire. Il y avait encore, au-dessus, un grenier désaffecté, et, au sous-sol, une chaudière à charbon éteinte. L'ayant surprise en bas, le gardien lui demanda ce qu'elle cherchait. Elle répondit qu'elle avait besoin d'un ou deux paniers à commissions pour le marché.

Toute la semaine, elle concocta pour monsieur de délicieux petits frichtis trois fois par jour. Elle se levait tôt pour cuire des brioches qui lui étaient servies chaudes au petit-déjeuner. Les deux repas suivants étaient un festival de glandes digestives, d'organes internes, de sang coagulé et de boyaux dans des sauces grasses. Si répugnée qu'elle fût de nourrir ce monstre, Emma se soutenait en songeant qu'à ce rythme, s'il échappait à Lupin, l'indigestion aurait sa peau dans le courant de l'année. Elle se sentait assez de courage pour le faire périr à petit feu, ragoût après ragoût, aussi ne lésinait-elle pas sur la crème et sur le beurre.

Après chaque repas, sa grande serviette autour du cou, le maître lui faisait son commentaire façon « expert en accommodement des bas morceaux » tandis que l'on débarrassait.

— C'est bon mais c'est gras.

— C'est pour ça que c'est bon, monsieur.

— Certes. Si j'avais voulu manger des haricots à l'eau, j'aurais engagé quelqu'un d'autre. Enfin ! Ce ragondin n'aura pas péri en vain !

Quand le temps se mit au beau, Gaillard de Laroche déclara qu'il allait passer quelques jours au bord de la mer pour porter la désespérance chez les oursins. Avant de monter dans son taxi pour la gare Saint-Lazare, il griffonna sur un bout de papier le numéro de l'établissement où l'on pourrait l'appeler en cas d'urgence : « Pour Gemma : 85 01 64 Grand-Hôtel Balbec ». Il comptait rester absent trois ou quatre jours.

Dès qu'il fut parti, Emma trouva les domestiques affalés dans les fauteuils du salon. L'homme à tout faire avait allumé un cigare du patron, et ces dames sifflaient ses liqueurs. Ils observèrent la nouvelle venue avec l'inquiétude du renard repu qui vient de croquer la poule.

— Tu ne vas pas nous dénoncer, j'espère ! dit la femme de ménage.

Pour toute réponse, Emma déboucha une bouteille, prit une grande rasade et s'essuya la bouche avec sa manche. Ils furent dès lors complices comme cochons.

Pour fêter leur liberté, elle invita le couple de gardiens et Séraphine, la femme de chambre un peu godiche, à banqueter dans le restaurant de Léon Forgeay. Gemma avait pris la peine de se dessiner sur un doigt une fausse cicatrice, et, pour être sûre qu'on ne manquerait pas de la remarquer, Lupin lui avait offert une alliance très voyante et très chère. La gardienne s'extasia sur la belle bague au vilain doigt.

— Ma chère, dit le gardien, ne laissez pas tomber ce caillou dans un gâteau, on s'y casserait les dents !

— Vous êtes donc mariée ? s'enquit son épouse.

— Je suis veuve. C'est un bijou de famille offert par mon défunt.

— Il devait beaucoup vous aimer ! dit Séraphine.

Avant de leur présenter les menus, le restaurateur vint discrètement souffler à l'oreille de son ancienne employée, mais de façon que tout le monde l'entende, qu'elle ne pouvait pas inviter tout le quartier et lui laisser l'addition. Sans se démonter, le sourire aux lèvres, « Gemma » répondit qu'elle avait amplement de quoi. Elle exhiba une liasse de billets qui fit encore plus d'effet que la bague. Ses invités n'en perdirent pas une miette. Ils échangèrent des regards ébahis. Voilà une cuisinière qui avait de grosses économies !

Au cours du dîner, dont l'ambiance fut par ailleurs tout à fait bon enfant, Gemma posa plusieurs questions sur son nouveau patron, elle fit des insinuations sur le fait qu'on ignorait tout de son passé et laissa entendre qu'il pouvait bien avoir changé de nom à la suite d'un scandale de mœurs.

— Ciel ! fit la gardienne. Vous pensez vraiment ?

— Croyez-moi, je sais de quoi je parle, dit Gemma avec un regard entendu.

Elle sortit de sa poche une montre en or rutilante.

— Comme elle est jolie, votre montre, dit Séraphine. Elle sonne ?

Gemma leur en fit la démonstration, l'horloger qui la lui avait vendue la veille lui avait montré le fonctionnement, elle jouait *Viens poupoule* à la demande.

— Quelle merveille ! s'exclama Séraphine, qui ignorait jusqu'alors l'existence de bibelots si raffinés.

Gemma déposa la montre dans la main de la jeune fille.

— Gardez-la, elle est à vous.

Il sembla qu'un tremblement de terre bousculait la tablée.

— Oh, mais c'est trop ! Je ne peux pas !

— Mais si, voyons, j'en achèterai une autre, ils font la même avec *Vous n'aurez pas l'Alsace et la Lorraine*.

L'émotion du cadeau dispendieux ne s'était pas tout à fait dissipée quand la gardienne tâta le tissu de la robe moirée que portait sa voisine.

— C'est soyeux. C'est de la cretonne?

— Aucune idée, les couturières de chez Worth ne me l'ont pas dit.

— Worth? Mais c'est hors de prix! Il habille les duchesses!

Gemma sortit de son sac un cigare que leur patron ne fumerait pas, et le gardien s'empressa de l'allumer pour elle.

— Je pense qu'une femme a le droit de se faire plaisir de temps en temps, dit-elle après avoir tiré la première bouffée.

— Mais il y en a pour des mois de gages, non? demanda Séraphine. C'est un rebut?

— Voyons, regarde, dit la gardienne : la robe lui va comme si elle avait été cousue sur elle!

— Les bonnes maisons ne travaillent que sur mesure, confirma la cuisinière dans un rond de fumée.

— Je n'oserais même pas rêver de m'offrir une robe de chez Worth! dit Séraphine.

— Ce n'est pas si cher, dit Gemma, ils font un prix quand on en prend trois.

— Trois! répétèrent en chœur le gardien et sa femme. Moi qui ai du mal à payer les factures de nos dernières vacances à Bignon-les-Prés! ajouta le mari.

— Qu'à cela ne tienne! fit leur nouvelle amie en faisant réapparaître la liasse de billets. Combien vous faudrait-il pour vous être aimable?

Ils étaient interloqués.

— Avec cent francs nous pourrions...

— Disons trois cents, vous anticiperez sur vos prochaines vacances. On profite toujours mieux de la vie quand on est sans dettes.

— Pour le remboursement, il faudra me laisser un peu de temps...

— Ne vous inquiétez pas de ça ! Nous travaillons ensemble, ce n'est pas comme si l'un de nous allait s'évanouir dans la nature du jour au lendemain ! Entre gens du même monde, il faut se faire confiance !

Ils n'étaient plus très sûrs d'être du même monde ni d'avoir confiance en elle. Cette cuisinière avait découvert la manne hors du désert. Ils auraient bien aimé savoir où elle cachait la poule qu'elle s'était abstenue de mettre au pot et qui pondait des œufs d'or.

Gemma retira quelques grosses coupures de sa liasse et les remit au gardien comme si elle lui abandonnait la monnaie du pain.

— C'est Noël, dit sa femme.

Léon Forgeay approchait justement avec une volaille farcie à la peau craquante et luisante.

— C'est du chapon, n'est-ce pas ? demanda la gardienne. Comment appelez-vous ce plat ?

— Du Gaillard de Laroche ! dit Emma, qui éclata de rire comme si elle venait de faire un mot d'esprit qu'elle était la seule à comprendre.

18

Les toiles de l'araignée

Après avoir fermé le restaurant pour la nuit, Lupin se rendit à cette galerie Pentecotte dont il avait trouvé mention dans les papiers de Rauconnière. C'était une de ces petites boutiques de la rue Bonaparte, pareilles à la caverne d'Ali Baba : vues de l'extérieur, elles ne payaient pas de mine, mais l'intérieur regorgeait de trésors. Le galeriste avait pignon sur rue dans le quartier des antiquaires chics du faubourg Saint-Germain.

Si la vitrine était protégée par une grille solide, le cadenas qui la fermait n'était pas de force à soutenir une longue conversation avec un gentleman cambrioleur rompu au fonctionnement de toutes les serrures qu'on pouvait se procurer dans le commerce. Il pénétra dans le local sans faire de bruit car, selon ses renseignements, le propriétaire logeait au-dessus.

Les murs étaient garnis d'œuvres de petits maîtres des deux siècles précédents, dont quelques-unes étaient intéressantes, mais pour lesquelles un

Lupin ne se dérangeait pas. Ce qui l'intrigua le plus fut un courant d'air qui émanait de l'arrière. À sa grande surprise, la porte sur la cour était ouverte. Il s'inquiéta dès lors pour l'homme censé dormir en haut. Il gravit l'escalier intérieur en colimaçon sans trop prendre garde aux craquements du bois et pénétra dans un salon en entresol éclairé par la lune.

Il vit d'abord, sur la table, une bouteille de vin Mariani aux feuilles de coca macérées dans du bordeaux, comme aurait pu en ouvrir un galeriste désireux de fêter une vente. Il y avait aussi deux verres qui avaient servi. Il vit ensuite le galeriste lui-même, assis dans l'ombre sur son sofa, une cravate nouée autour du cou, mais pas de la manière traditionnelle. La cravate était bleue et il avait été étranglé par derrière. C'était très aimable à Rauconnière de signer ses crimes à l'intention de ceux qui passaient après lui pour admirer ses œuvres.

Plus question d'interroger celui qui avait fait l'intermédiaire dans les deux premières ventes de faux tableaux. Rauconnière avait éliminé le comparse. Il s'était procuré un alibi en s'installant pour quelques jours dans un hôtel au bord de la mer. En cas de problème, des tas de gens pourraient jurer qu'il était à dix lieues de Paris. Il n'avait pas dû lui être très difficile de s'esquiver de l'établissement sans passer par la réception.

Lupin compta combien Rauconnière avait déjà fait de victimes, pour autant qu'il le savait : toute une série de femmes et de gêneurs, puis l'homme qui avait grillé à sa place à l'asile, le Dr Legrand, l'oncle Symphorien poussé au suicide, les deux pensionnaires de la clinique, le policier dont il avait volé l'uniforme pour s'enfuir, Rosaline, et maintenant cet antiquaire. Vu la facilité avec laquelle il étranglait le pauvre monde, il en existait certainement d'autres, non répertoriées, dont nul n'entendrait jamais parler. Il était très fort pour couvrir ses traces, on ne le coincerait jamais pour un meurtre qu'il avait commis. Il fallait donc contourner le problème. Par chance, Lupin était le champion des chemins de traverse.

Le lendemain, à la rubrique des faits divers, son journal favori annonça le meurtre d'un marchand d'art du faubourg Saint-Germain. La cravate n'était pas plus citée que le nom de Rauconnière. Un autre journal se permettait de titrer : « Un nouveau crime d'Arsène Lupin ? » Au moins la phrase était-elle sur le mode interrogatif. De plus en plus souvent, Lupin se disait qu'il devait investir ses gains dans ces publications. Après tout, les patrons de presse étaient les meilleurs gentlemen cambrioleurs du moment. Sans se départir de leur élégance, ils lançaient des attaques contre quiconque leur déplaisait, ils faisaient et défaisaient les ministères, leur pouvoir de manipulation était bien supérieur au sien. S'il avait été un gros actionnaire du *Figaro*, il se serait fait un plaisir de renvoyer le bonhomme qui avait osé faire rimer « Lupin » avec « assassin ».

Le stratagème de Rauconnière avait parfaitement fonctionné. Il avait réussi à regagner son hôtel sans éveiller la suspicion. Cet assassin lupinisait, il avait des méthodes de cambrioleur à défaut d'avoir les manières d'un gentleman.

Lupin décida de l'émouvoir un peu, il allait lui faire connaître les frissons de l'angoisse, ça l'aiderait à éliminer les graisses délicieuses qu'Emma lui faisait ingurgiter jour après jour.

Vingt-quatre heures plus tard, un taxi déposa Rauconnière et sa valise sur le perron de la villa Botticelli. Il avait pris la peine de se hâler pour bien montrer qu'il avait passé son temps à déambuler sur la jetée au cri des mouettes. Quand il demanda s'il y avait des nouvelles, Gemma lui annonça qu'un monsieur était passé la veille pour demander si l'on connaissait un nommé Pentecotte, marchand de tableaux. Son patron se figea sous l'effet de la surprise.

Une réponse prudente aurait été : « Je ne connais aucun Pentecotte », mais il était trop troublé pour y songer.

— Quel genre, ce monsieur? demanda-t-il avec un calme un peu forcé.

Emma lui fit un portrait de bonhomme à moustaches, à la mine impassible et aux questions indiscrètes qui avait tout pour évoquer un policier en civil. Les cheveux de M. Gaillard de Laroche n'étaient pas loin de se dresser sous son bonnet d'intérieur fourré de martre. Ganimard était-il venu fourrer son nez dans les affaires des rentiers de Neuilly?

— C'était un monsieur très bien, conclut-elle. Il m'a fait penser à un fonctionnaire.

« De la Sûreté de Paris », compléta immédiatement Rauconnière.

Le lendemain était jour de repos pour Gemma, elle ne pouvait y renoncer sans attirer la suspicion.

— Monsieur désire-t-il que je lui prépare un plat froid, un pâté d'huîtres ou des œufs aux tripes en gelée ?

Son patron préférait manger chaud, il déclara qu'il irait au restaurant et demanda qu'on lui réserve une table au Chapon bien plumé.

À l'heure dite, le gros restaurateur Forgeay l'accueillit avec sa bonhommie de faux Gascon. Entre les brochettes d'ortolans et le parfait au foie gras, Gaillard de Laroche pria son hôte de lui faire livrer quelques bonnes bouteilles qu'il emporterait en voyage. Il avait l'intention de changer d'air définitivement. Il se donnait une dizaine de jours pour remercier son personnel et quitter la ville.

— V'là-t-y pas qu'vous vous sauvez comme un pet sur une toile cirée ! dit le bon Gascon jovial. On va bien vous regretter ! Quelle idée de nous quitter comme ça !

Rien n'attachait son client à Paris, il n'avait plus de famille et sa maison était une location meublée.

— Et vos affaires ?

— Mes affaires peuvent se développer n'importe où, elles ne s'en porteront que mieux.

Certes, les tableaux de maîtres ne perdaient pas de valeur en traversant l'Atlantique. Mais si Caïn imaginait qu'on allait le laisser pérégriner à travers le monde pour tenter de semer Yahvé, il se fourrait le doigt dans l'œil.

Avant de sortir de chez lui, le 13 suivant, M. Gaillard de Laroche annonça qu'il rentrerait tard. Pendant que le futur émigré organisait le transfert de ses avoirs, Lupin, de son côté, fit un saut au comptoir des Transports de l'Atlantique Sud, où il loua deux cabines de 1re classe pour l'Argentine, l'une au nom de Léon Forgeay et l'autre, sur un paquebot qui partait deux semaines plus tard, au nom de Gemma van Jenns.

Pendant ce temps, à la villa Botticelli, cette dernière annonçait aux domestiques que le maître leur accordait deux jours de congé : ses plans avaient changé, il ne comptait pas revenir à Neuilly avant lundi. Comme on ne remet pas en question les aubaines qui se présentent, les gardiens retournèrent aussitôt chez eux avec une provision de cigares et de bonne humeur, tandis que Séraphine s'en alla terminer la semaine chez une amie qui tenait une auberge à Auvers-sur-Oise. Un locataire hollandais, mort chez eux quelques années auparavant, leur avait laissé une note impayée et un fatras de barbouillages représentant des champs de blé et des bouquets de tournesols ratatinés. Séraphine avait promis d'aider à emballer tout ça à l'intention des brocanteurs, en espérant que quelqu'un en voudrait. Elle avait pensé en toucher un mot à monsieur, qui était si savant, mais elle n'avait pas osé l'ennuyer avec des croûtes certainement dépourvues d'intérêt.

Gemma prit prétexte de quelques confitures de rognons à terminer et retourna en cuisine jusqu'à ce qu'ils fussent partis. Comme cela sentait très fort la chair faisandée, ils ne s'attardèrent pas.

— Monsieur sera content de trouver mes conserves à son retour, dit Gemma.

— Surtout si vous aérez d'ici-là, répondit le gardien.

Il posa son chapeau sur sa tête, et tous trois fuirent l'atmosphère de champs Phlégréens[1] qui régnait dans la maison.

Une fois seule, Emma laissa ses confitures en plan, fit sa valise et s'habilla pour décamper. On frappa bientôt au carreau. Elle fit entrer Lupin, qui s'était muni d'un gros sac en cuir.

— Ce sont des armes ?

— Oui, mais pas dans le sens où vous l'entendez. Ces objets enverront Rauconnière là où il devrait être.

Il prit les mains de la cousine de Rosaline et lui fit une promesse.

— Ce soir, l'assassin paiera pour ses fautes ou je paierai pour les miennes.

— Le Seigneur vous aidera, dit Emma. Je ne doute pas qu'Il ait été beaucoup moins offusqué par les vôtres que par les siennes.

Avant de la laisser partir, il vérifia qu'elle avait bien pensé à ce qu'il lui avait demandé. Elle lui confirma qu'elle avait laissé quelques affaires

---

1. Zone volcanique près de Naples empuantie de vapeurs soufrées.

là-haut et lui remit des cheveux arrachés de son chignon doré, ainsi que l'alliance voyante qu'elle avait abondamment promenée sous le nez de la domesticité. Puis elle lui souhaita bonne chance et s'en fut.

Une fois seul dans la villa, Lupin partit à la recherche des tableaux. « Voyons... Si j'étais un fou criminel, où rangerais-je mes trophées ? » Il tâcha de réfléchir à la manière d'un voleur impénitent et sans scrupule, ce qui ne lui était pas naturel.

Il découvrit, dissimulée dans les boiseries du bureau, une porte qui devait donner sur un ancien cabinet de toilette. Ayant perçu un léger déclic lorsque le battant bougea, il s'écarta juste à temps pour entendre siffler un projectile qui passa devant sa poitrine. Le carreau d'arbalète termina sa course fiché dans la cloison d'en face. L'occupant des lieux avait changé ces petits W. C. en coffre-fort piégé.

— Eh bien, Rauconnière, murmura Lupin, on fait des infidélités à sa cravate ?

La cachette contenait quatre toiles encadrées à l'ancienne et posées les unes contre les autres. Un porte-documents était garni de certificats avec des indications de provenances : une suite de noms à particules accompagnés de dates, de précisions sur les propriétaires qui s'étaient transmis ces trésors de génération en génération, de château en château. C'était fait avec beaucoup de finesse. Sans doute s'agissait-il de gens ayant existé, mais dont les familles étaient éteintes, ce qui empêcherait toute vérification sérieuse. Lupin était prêt à parier que les curieux trouveraient sur les tapisseries des lieux en question des décolorations au format exact des œuvres censées y avoir passé le dernier siècle dans l'oubli et dans la poussière. Après avoir été vieillies de toutes les façons possibles, les toiles étaient à présent tachées, craquelées, usées, goudronnées. Lupin admira en connaisseur ce beau travail de faussaire, peut-être accompli par l'antiquaire Pentecotte. Dans ce cas, cet homme n'avait pas démérité avant de tomber au champ d'honneur du mensonge et de la fourberie.

Une heure plus tard, il y eut du bruit au rez-de-chaussée. Rauconnière venait de rentrer. Il appela en vain son personnel, étonné de trouver l'éclairage allumé et la maison vide. Son pas lourd et lent fit craquer les marches de l'escalier. Lorsqu'il pénétra dans sa chambre à coucher tout illuminée, la surprise lui causa un choc. La pièce avait été transformée en chapelle ardente. Non seulement les quatre toiles qu'il possédait encore étaient exposées sur les murs, mais les deux qu'il avait déjà vendues les avaient rejointes ! Des photographies de Rosaline et de Symphorien trônaient entre des bougies.

Il alla chercher dans son bureau le pistolet chargé qu'il conservait dans un tiroir. Il y avait forcément quelqu'un dans les parages, mais il fit le tour des pièces sans voir personne. Quand il revint dans sa chambre, un filet de fumée s'élevait d'un brûle-encens. Il lui sembla qu'une ombre le guettait depuis l'encadrement de la porte. Il tira dans cette direction autant de fois que son barillet contenait de balles, mais l'ombre ne bougea pas, comme si elle n'avait pas été de ce monde. Ce fut sa dernière pensée avant de perdre connaissance.

Arsène Lupin ouvrit à nouveau son grand sac en cuir et en retira une bouteille de sang humain, un fémur, un doigt de femme, un bridge dentaire et de la viande de porc. Le doigt portait une longue cicatrice bien nette. Il y passa l'alliance de Gemma.

Puis il descendit au sous-sol où était la chaufferie et fit un grand feu dans la chaudière, bien que la température fût agréable. Il ramassa une hachette, la macula de sang et y déposa quelques-uns des cheveux d'Emma. Il déplaça une grosse poubelle remplie de cendres qui laissa partout sur le sol des traces circulaires. Une fois la chaudière éteinte, il jeta la viande de porc sur ce qu'il restait de charbons incandescents, y mit aussi le fémur, qu'il retira lorsqu'il fut devenu noir et qu'il enfouit dans la poubelle, de même qu'une toile cirée sanglante. Il versa une partie de la bouteille sur le sol et le nettoya de telle façon qu'on pût retrouver du sang dans les interstices du dallage. Les dernières gouttes servirent à maculer une cuvette, comme si on s'y était lavé les mains.

Il sortit d'une poche le feuillet où Rauconnière avait écrit le numéro de téléphone de son hôtel : « Pour Gemma : 85 01 64 », coupa le « pour » ainsi que la fin et ajouta un zéro de telle façon qu'on lisait à présent « Gemma : 8500 ». Il rangea le bout de papier dans le sous-main du secrétaire de Rauconnière.

Son travail terminé, Lupin emballa les six toiles et laissa Rauconnière dormir du sommeil de l'injuste.

Le monstre grimaçait. Le lendemain matin, les trompettes de l'apocalypse mettraient fin à son cauchemar pour le faire entrer dans un autre dont rien ne le réveillerait.

19

Le coup de sonnette de l'apocalypse

Vers neuf heures du matin, un policier en uniforme approchait de la villa Botticelli lorsqu'un jeune homme traversa la rue à sa rencontre. Lucien Dantry expliqua qu'il était détective et qu'il surveillait la maison pour le compte d'une cliente qui habitait là.

Une cloche pendait contre le pilier du portail. Le policier dut tirer sur la chaîne à plusieurs reprises avant qu'un Gaillard de Laroche encore un peu assommé par sa nuit vînt leur ouvrir. Il était habillé, ses vêtements étaient froissés, on voyait qu'il avait dormi dedans.

Il marqua un temps d'arrêt en reconnaissant Dantry sur le seuil de sa demeure. Mais, de son côté, l'ex-inspecteur de police ne sembla pas le reconnaître. L'homme que Dantry avait devant lui n'était plus Marcel Legrand, ce vieux monsieur à cheveux et favoris blancs, mais un rentier nanti, un gros bourgeois de Neuilly, dans tous les sens du terme.

Une demi-heure plus tôt, le policier avait reçu un appel téléphonique d'une voisine dérangée par une fumée noirâtre qui répandait une odeur âcre, répugnante, irrespirable, émise par la cheminée de cette maison. Cette femme disait aussi avoir entendu au cours de la nuit des bruits de rixe et des cris. Elle n'avait pas voulu donner son nom, elle avait juste indiqué qu'elle habitait le quartier, un très bon quartier, très calme, dont les habitants n'aimaient pas le désordre.

Ils reniflèrent tous trois. Un vague remugle louche flottait dans l'air. La personne indisposée avait bon nez.

Gaillard de Laroche prétendit qu'il ne voyait pas de quoi il pouvait s'agir, il n'y avait ici que lui et ses domestiques, lesquels pourraient confirmer qu'on se trompait d'adresse. Comme les visiteurs ne s'en allaient pas, il les fit entrer.

En pénétrant dans la confortable résidence, Dantry se dit que la vie avait davantage souri à l'ancien directeur qu'à lui-même depuis la fermeture de la clinique. Il gardait la main sur le pistolet caché dans la poche de sa veste, pour le cas où Rauconnière serait repris par ses manies de strangulation.

Les volets étaient clos et les rideaux tirés, on n'y voyait qu'à la faible clarté qui filtrait par le vitrail de la porte d'entrée. Le locataire se hâta d'ouvrir pour donner de la lumière.

— Je ne comprends pas où sont passés mes gens, on n'est plus servi !

Les visiteurs découvrirent un salon élégant mais impersonnel, quelque chose entre l'appartement de l'esthète fortuné et l'antre du misanthrope épris de solitude.

— Que puis-je pour vous, messieurs ? demanda ce dernier avec la politesse des gens pressés de voir les importuns déguerpir.

Dantry déclara qu'il venait voir Mme van Jenns, sa cliente, qui avait sollicité ses conseils. Elle se sentait menacée. Ils avaient prévu de se voir la veille au soir, mais elle ne s'était pas présentée. Elle l'avait prévenu, dans le cas où il lui arriverait quoi que ce soit, qu'il devrait diriger ses investigations du côté de son patron. Aussi était-il accouru.

— L'homme qu'elle appelle son patron doit être le restaurateur Léon Forgeay, objecta Gaillard de Laroche. Mme van Jenns n'est ici que depuis quelques semaines, il ne peut s'agir de moi. Je comptais d'ailleurs me séparer de tout mon personnel très prochainement.

— Pourrais-je la voir ? demanda Dantry.

— Mais bien sûr. Je vais dire qu'on la prévienne.

Leur hôte tira le cordon qui aboutissait dans les communs. Puis il appela dans la cage de l'escalier en colimaçon. Nul ne répondit. Eux mis à part, il ne semblait pas y avoir quiconque entre ces murs. Il s'excusa, ses domestiques s'étaient absentés pour une raison inconnue.

— Vous étiez donc seul hier soir ? demanda le policier en uniforme.

Rauconnière le jaugea avec déplaisir. Si Dantry s'était présenté tout seul, il aurait eu une chance de régler cette affaire avec une cravate. Pour l'heure, il en était réduit à se demander pourquoi cet intrigant venait fouiner ici. Il ne croyait pas au hasard, il y avait loin de Fontenay-aux-Roses à Neuilly, aussi loin que du casino de Monaco à la prison de la Santé. Il suivit ses visiteurs de pièce en pièce, toutes désertes, et les regarda poser le nez ici et là avec des mines d'inquisiteurs. Il était d'autant plus perplexe qu'il ne comprenait rien à ce qui se passait.

Lorsque Dantry montra au gardien de la paix le doigt orné d'une bague qu'il venait de pécher sous un meuble de la chaufferie, l'homme demanda poliment à leur hôte la permission d'utiliser le téléphone. Un quart d'heure plus tard, la maison grouillait de policiers en tous genres, et Gaillard de Laroche avait affaire au commissaire en chair et en tweed.

— Vous êtes le seul occupant des lieux ?

Il répondit qu'il les partageait avec quatre gens de maison, dont deux femmes qui couchaient là, mais aucun n'était présent, pour une raison inconnue de lui.

— Quelle est la nature de vos relations avec Mme van Jenns ?

— Purement culinaires. Je la paye grassement pour qu'elle me prépare des plats qui le sont tout autant.

Les deux gardiens accoururent depuis leur domicile, où l'on était allé les chercher.

— Enfin ! s'exclama leur employeur. Où étiez-vous donc passés ?

— Chez nous, monsieur, répondit la gardienne. Monsieur nous a donné congé pour quelques jours, monsieur ne se souvient pas ?

— Ce sont des sornettes ! Où est Séraphine ? Où est Mme van Jenns ?

— Séraphine est partie à la campagne. Nous avons laissé Gemma ici. Vous êtes rentré plus tôt ?

— Rentré plus tôt de quoi ? répéta son maître comme s'ils ne parlaient pas la même langue. Est-ce que j'ai l'air de rentrer de vacances ?

Le gardien fut emmené en bas examiner la chaufferie. Elle n'était pas du tout comme il l'avait laissée la veille. Pour qu'elle soit encore tiède, un feu d'enfer avait dû y brûler une partie de la nuit. On lui montra la poubelle de cendres.

— Qu'est-ce que c'est que ça ? Je l'avais vidée !

Il frémit à la vue du fémur noirci qu'on y avait pêché.

— Connaissez-vous cette bague ? lui demanda le commissaire en lui présentant le doigt dans un linge.

— Oui. Et le doigt aussi.

La cicatrice lui était familière. Il sut dès lors qu'il n'aurait pas à rembourser la somme empruntée à la cuisinière. Quand il regagna le rez-de-chaussée, son premier geste fut d'éloigner sa femme de leur patron. Ce dernier exigea qu'elle aille leur préparer du café, mais son mari lui interdit d'obéir.

— Nous ne travaillons pas aujourd'hui.

— Que se passe-t-il, ici ? dit Gaillard de Laroche. Qu'est-ce que c'est que ces manières ?

— Considérez que nous démissionnons.

Le commissaire baissa les yeux sur le pantalon du suspect. Le bas était maculé de traces grisâtres qui avaient tout l'air d'être des cendres.

— M. Gaillard de Laroche, je vous serai reconnaissant de bien vouloir vous mettre à la disposition de nos services. En fait, j'aimerais que vous acceptiez de nous accompagner au commissariat pour répondre à quelques questions.

L'intéressé répondit que ça ne l'arrangeait pas : il avait prévu de faire un petit voyage d'agrément.

— À mon avis, vous allez devoir différer vos projets de voyage et d'agrément, le prévint Dantry.

L'interpellé réclama qu'on lui permette au moins de se changer.

— Ce sont vos vêtements d'hier? dit le commissaire.

— J'étais fatigué, j'ai voulu faire un petit somme, et c'est votre subordonné qui m'a réveillé ce matin.

Il passa dans son bureau avec l'intention d'y prendre ce qu'il avait de plus précieux : les faux tableaux peints par cet imbécile de Symphorien. Mais les œuvres n'étaient plus dans leur placard secret. Il se rabattit sur les liquidités.

On le pinça alors qu'il s'esquivait par l'entrée de service, avec sous le bras un sac rempli de grosses coupures.

— Je ne crois pas que vous aurez besoin de cet argent dans l'immédiat, dit le commissaire.

— C'est une erreur ! clama le locataire. Fichez-moi la paix ! Je ne comprends pas ce que vous me voulez !

Le commissaire jugea qu'il était temps d'éclaircir la situation.

— Pierre Gaillard de Laroche, je vous arrête pour le meurtre de votre cuisinière, Mme van Jenns.

L'accusé parut plus surpris qu'aucune des personnes présentes. Le gardien tenait sa femme par les épaules. Elle plongea dans son mouchoir en s'écriant : « Pauvre Gemma ! »

— Quoi ça ? Qui ça ? Pourquoi m'en serais-je pris à elle ? Elle est sûrement à la campagne avec Séraphine ! Celle-là aussi, vous allez m'accuser de l'avoir étranglée ?

— Étranglée ? releva le commissaire. Pourquoi dites-vous « étranglée » ? Est-ce ainsi que vous avez procédé, Laroche ?

Comme ce dernier se débattait, on lui passa les bracelets aux poignets, il quitta sa maison entre deux bonshommes coiffés de képis qui le poussèrent dans le fourgon sous le regard curieux de tout le voisinage. La gardienne sanglotait dans son mouchoir.

— Je suis sûre qu'il s'agit d'un malentendu, dit-elle. Je ne peux pas le croire. Gemma va revenir bientôt.

Son mari fit « non » de la tête, il avait vu le doigt.

20

Crime au château de Barbe-Bleue

Lorsque l'horloge du Palais de justice sonna le neuvième coup, en cette matinée de 1906, un vieil huissier chauve et boiteux ouvrit avec lenteur la double porte. La salle d'audience était lambrissée de plaques de chêne polies par des générations de juges, d'avocats et d'accusés.

La foule des grands procès d'assises se pressa pour entrer. Les curieux étaient si nombreux qu'on dut refuser du monde. Un banc entier était réservé aux représentants de la presse munis d'une carte professionnelle. Quand chacun eut gagné sa place, l'huissier assis en contrebas du procureur, qui était chargé d'introduire les témoins et les experts, annonça d'une voix protocolaire : « Mesdames et messieurs, la cour ! »

Les magistrats firent leur entrée, le président en rouge, les assesseurs en noir, l'avocat général à gauche, non loin du greffier. La victime n'ayant plus de famille, il n'y avait pas d'avocat de la partie civile. Au fond se tenaient les six jurés. Du côté droit, le prévenu était flanqué de deux policiers en uniforme. Il avait maigri, la détention ne lui réussissait pas. Il se pencha sur l'avocat posté devant lui.

— Sortez-moi de là, maître.

— Comptez sur moi. J'instillerai le doute dans l'esprit des jurés. Au pire, vous passerez dix ans à Cayenne.

La figure de l'accusé laissa deviner ce qu'il pensait de la perspective d'aller se faire dévorer par les moustiques pendant dix ans.

Le président exposa l'objet des débats. Il s'agissait d'établir si le prévenu, M. Pierre Gaillard de Laroche, domicilié villa Botticelli, à Neuilly-sur-Seine, avait tué Mme Gemma van Jenns et fait disparaître la majeure partie de son corps par crémation. Selon le ministère public, M. Gaillard de Laroche aurait, dans la nuit du 13 au 14 octobre 1905, ôté la vie à cette dame, qu'il employait comme cuisinière. Il aurait ensuite dépecé et brûlé son corps, hypothèse étayée de plusieurs indices concordants. Du fait du congé préalablement donné à ses autres domestiques, il devait répondre du chef d'homicide avec préméditation.

On savait assez peu de choses de la victime. Mme van Jenns était originaire du département du Nord, où elle était née en 1865. Après avoir occupé divers emplois dans la restauration, elle avait fait un long séjour en Asie, où elle avait travaillé sur des navires commerciaux. À son retour dans la métropole, elle avait été engagée par Léon Forgeay dans son restaurant de Neuilly-sur-Seine, où elle avait rencontré l'accusé, alors client. Ce dernier l'avait prise à son service quelques semaines avant les faits qui lui étaient reprochés.

Les premiers témoins appelés à la barre étaient les deux hommes qui avaient sonné à la porte de la villa Botticelli, le matin du 14. Lucien Dantry expliqua avoir reçu la disparue dans les locaux de son agence de détectives privés trois jours plus tôt. Elle avait déclaré que son patron lui causait des inquiétudes, elle avait versé une avance pour que l'agence mène une enquête de moralité à son sujet.

Le président s'étonna du montant de la somme, qui représentait la moitié des gages mensuels de Mme van Jenns. Or l'instruction n'avait pas trouvé trace d'une fortune personnelle qu'elle aurait possédée. Le procureur indiqua que la provenance de l'argent était précisément au cœur des accusations portées contre le prévenu.

Dantry déclara qu'il avait donné rendez-vous à Mme van Jenns à son agence pour lui communiquer les premiers résultats de son enquête, mais qu'elle n'était pas venue.

— Quels étaient ces résultats? demanda le président.

Dantry reconnut qu'il n'avait presque rien trouvé, M. Gaillard de Laroche était un mystère vivant. Le détective n'avait pu découvrir ni d'où venait cet homme, ni de quoi il vivait. N'ayant aucun moyen de rassurer sa cliente, il s'apprêtait à lui restituer une partie de son avance et à lui conseiller de faire appel aux services de la police nationale, dont il connaissait la grande efficacité pour y avoir lui-même appartenu pendant plusieurs années. Sans nouvelles de sa cliente, il s'était rendu à Neuilly le lendemain matin et était arrivé à la villa Botticelli en même temps qu'un policier du commissariat local.

Le témoin suivant, gardien de la paix, raconta avoir reçu, à neuf heures précises, l'appel d'une dame du voisinage qui se plaignait d'une fumée malodorante émanant d'une cheminée de cette villa. La personne avait ajouté avoir entendu des bruits et des cris au début de la nuit.

L'avocat de la défense jugea nécessaire d'intervenir.

— Si je lis bien le dossier, cette prétendue voisine n'a jamais été identifiée...

— Cela arrive souvent lorsque les faits dénoncés débouchent sur quelque chose de grave, dit le brigadier. Les gens qui voulaient juste être débarrassés d'une incommodité ne tiennent pas à voir leur nom cité dans une affaire de meurtre.

— De meurtre supposé ! précisa l'avocat, un doigt en l'air.

Le président demanda au brigadier s'il avait constaté une quelconque odeur suspecte à son arrivée. Il avait tout juste senti un vague relent de brûlé.

— Qui pouvait provenir d'un feu de feuilles dans un jardin, compléta l'avocat.

— Nous n'avons rien trouvé de tel chez les voisins, maître.

— Des voisins qui n'avaient pas signalé d'odeurs ou de bruits inhabituels...

— En effet, aucun de ceux que nous avons interrogés n'a dit s'être plaint de M. Gaillard de Laroche, la plupart d'entre eux ignoraient même qui c'était.

— Reprenez le récit des faits qui se sont déroulés le matin du 14, dit le président.

À son arrivée, il avait été rejoint par un détective privé qui désirait rendre visite à sa cliente. Le brigadier avait dû sonner longuement avant que quelqu'un vienne. L'homme qui avait fini par ouvrir avait l'air ahuri, il ne paraissait pas saisir ce qu'on lui voulait. La maison était plongée dans l'obscurité, les volets étaient clos.

— Comme si on avait voulu empêcher quiconque de voir ce qui se passait à l'intérieur, commenta le procureur.

Puisque aucun domestique ne se montrait, le prévenu avait été contraint de les ouvrir lui-même. Il avait autorisé les visiteurs à parcourir les lieux. M. Dantry était monté au dernier étage, à la recherche de sa cliente.

— Quant à moi, j'ai remarqué une odeur qui émanait du sous-sol. Je suis donc descendu à la chaufferie.

La tiédeur de la chaudière l'avait étonné car la douceur de la saison ne justifiait pas d'allumer le chauffage. Le sol était humide, il venait d'être lavé. Une poubelle remplie de cendres fraîches avait été déplacée. En remuant les cendres à l'aide d'une pelle, il avait trouvé un os noirci. Il y avait dans un coin une hachette sur laquelle étaient collés quelques cheveux blonds bouclés. Puis, sous la chaudière,

M. Dantry avait découvert un doigt humain orné d'une alliance.

Un huissier exhiba la pièce à conviction plongée dans un bocal de formol, et, séparément, la bague qui avait été ôtée du doigt : une alliance de femme ornée d'une grosse pierre.

Dans le cabinet de toilette attenant à la chambre du maître, le gardien de la paix avait noté la présence d'une cuvette remplie d'une eau rougeâtre dont la couleur évoquait le sang.

Lorsqu'on montra aux jurés la hachette et la cuvette, chacun, dans la salle, frémit à la pensée de l'usage qui en avait été fait.

Cette accumulation d'indices inquiétants avait convaincu le brigadier d'appeler des renforts. Le prévenu avait été mis en état d'arrestation par le commissaire après avoir tenté de s'échapper par une issue de service.

Quand le brigadier quitta la barre, les journalistes grattaient fébrilement sur leurs cahiers pour décrire en détails à leurs fidèles lecteurs les objets dont s'était servi « le Barbe-Bleue de Neuilly ».

L'avocat de la défense fit observer qu'on avait instruit à charge contre son client. Il y avait au moins un autre suspect dans cette affaire, que l'on aurait aimé interroger sur la disparition de la cuisinière : le sieur Forgeay Léon, restaurateur à Neuilly. Cet homme restait introuvable depuis le jour des faits. On pouvait parfaitement supposer que Mme van Jenns et lui avaient fui ensemble. Ou bien qu'il avait tué cette femme chez le prévenu et laissé peser sur ce dernier le poids de son crime.

Le procureur était d'un autre avis.

— Je ferai observer à l'avocat de la défense que la cuisinière de M. Gaillard de Laroche a été tuée et dépecée chez M. Gaillard de Laroche, puis brûlée dans la chaudière de M. Gaillard de Laroche, en présence de M. Gaillard de Laroche, et non chez un M. Tartempion qui n'a aucun rapport avec les faits. Vous pourrez convoquer tous les fantômes que vous voudrez pour tenter de disculper votre client, maître. Si les soupçons pèsent sur lui, c'est pour des raisons évidentes.

L'avocat s'insurgea.

— Prenez garde, monsieur l'avocat général ! L'évidence est une notion subjective qui a conduit à bien des erreurs judiciaires !

L'avocat général voyait par ailleurs une raison très simple à la disparition du sieur Forgeay. Mme van Jenns et lui faisaient chanter le prévenu sur un sujet qui devait être bien honteux pour que ce dernier refuse obstinément de révéler de quoi il s'agissait. Voyant sa complice assassinée, Forgeay avait pris la fuite pour éviter les ennuis.

— Billevesées ! clama le défenseur. Va-t-on oser condamner un homme sur des suppositions ?

L'avocat général brandit un rapport envoyé par la représentation diplomatique française à Buenos Aires. Quelques semaines après les faits, un homme muni de papiers au nom de Léon Forgeay s'était présenté à l'ambassade. Il disait avoir lu le récit du crime dans la presse arrivée de France et désirait apporter son témoignage. Il avait déclaré que Mme van Jenns lui avait confié une somme qu'elle désirait investir en Argentine. C'était un vieux projet qu'ils caressaient depuis longtemps. Il avait donc fermé son établissement de Neuilly et s'était embarqué pour Buenos Aires, où son amie devait le rejoindre un peu plus tard. Elle lui avait dit que cet argent provenait d'un héritage.

— Cela ne disculpe pas cet homme ! dit l'avocat. Il a pu la tuer avant de partir !

— Non, car la date portée sur le billet de la compagnie de transport transatlantique indique que M. Forgeay était à bord la nuit où les faits ont été commis, répliqua le procureur.

Le président pria l'huissier d'appeler le témoin suivant.

— La cour appelle monsieur le professeur Ursulin Voisemberg !

Le monsieur d'une soixantaine d'année qui vint à la barre était le médecin légiste chargé d'analyser les pièces à conviction. L'examen au microscope des cheveux collés par du sang sur la hachette avait permis d'établir qu'il s'agissait des mêmes trouvés sur la brosse de Mme van Jenns. Dans la chaudière avait été découverte une dent indubitablement humaine. Il montra sur une gravure sa position dans la mâchoire.

Le procureur reprit la parole.

— Cette molaire a manifestement échappé au nettoyage de la chaudière effectué par l'accusé après qu'il y eut brûlé le corps de sa victime !

Les fragments d'os étaient humains, eux aussi. Ils appartenaient à une femme dont on pouvait situer l'âge entre 25 et 45 ans.

— Diriez-vous que cette hachette a pu servir à découper un corps ?

— Un instrument de boucherie serait plus adéquat, mais une telle opération peut très bien s'effectuer à l'aide d'un tel outil, je l'ai essayé sur une carcasse de porc. Si j'avais été dans la situation de l'assassin, c'est sur ce tranchoir que j'aurais porté mon choix, plutôt que sur un couteau de cuisine, trop malcommode pour débiter les parties dures. Bien sûr, le procédé ne peut qu'être violent et salissant, conclut l'expert en abattant l'objet de manière à montrer la force nécessaire à cette tâche.

L'assistance murmura et certains jurés lancèrent à l'accusé un regard d'horreur.

L'expert estimait la durée du découpage à deux heures et celle de la crémation à cinq heures à partir du moment où la chaudière était à la température adéquate. Un corps féminin contenant en général plus d'eau qu'un corps masculin de poids équivalent, il se consumait lentement.

L'huissier appela Séraphine, la femme de chambre, qui se présenta coiffée d'un petit chapeau à fleurs bleues. Questionnée sur ce qu'elle savait de Mme van Jenns, elle déclara que celle-ci se consacrait à ses tâches de cuisine avec beaucoup d'application. Pourtant, on sentait qu'elle n'avait jamais été employée à domicile auparavant. Elle se comportait plutôt en invitée qu'en domestique. Elle n'était pas comme eux, elle avait les manières d'une dame. Et puis elle se montrait fort curieuse. Elle posait souvent des questions sur monsieur. Un jour, elle avait tenu des propos donnant à penser qu'elle en savait long sur lui.

— Vous rappelez-vous ses mots exacts ? demanda le président.

— Non, c'était très vague, elle a dit qu'il cachait bien sa vie passée et qu'on ne pouvait pas lui faire confiance.

Quelques jours après son entrée dans la maison, elle avait arboré une montre en or magnifique. Elle s'était aussi acheté de beaux mouchoirs de batiste brodés de myosotis qui venaient tout droit du Bon Marché, ils étaient encore dans leur boîte. C'était des articles de luxe qu'une domestique ne pouvait guère s'offrir.

— Tenez, j'en ai justement un sur moi, dit la femme de chambre.

Elle montra son mouchoir.

— Cela ne vous a pas étonnée ? N'avez-vous pas demandé à la cuisinière comment elle se les était procurés ?

Gemma avait répondu qu'elle recevait des sommes d'un bienfaiteur fortuné qui lui donnait sans compter.

L'avocat général rappela qu'on n'avait pas déterminé non plus d'où l'accusé tirait sa fortune. De là à penser que ces fonds avaient la même origine...

— Je m'insurge ! s'indigna l'avocat. Il s'agit encore d'une déduction sans fondement !

Le président fit droit à sa remarque. Le ministère public aurait toute licence d'exprimer ses suppositions par la suite.

— Nous n'y manquerons pas, promit le procureur.

L'avocat vit dans cette histoire de mouchoir l'occasion de discréditer un témoin gênant.

— Dites-moi, mademoiselle, comment se fait-il que vous ayez sur vous un objet appartenant à Mme van Jenns ?

— Oh ! Qu'allez-vous penser? dit Séraphine.

Elle les avait tant admirés que Gemma les lui avait offerts. Séraphine avait voulu refuser, mais la cuisinière avait affirmé que ce n'était rien, qu'elle s'en achèterait de nouveaux.

— Vous étiez donc très proches... fit l'avocat sur un ton plein de sous-entendus.

La femme de chambre se raidit.

— Comment l'entendez-vous ?

— De la bonne manière.

— Ah bon. Alors ça va.

Elle affirma que Gemma n'avait pas des mœurs spéciales. D'ailleurs elle avait été mariée, elle portait son alliance, une belle bague ornée d'un gros brillant. C'était juste une femme généreuse, qui aimait donner. Elle n'avait pas d'enfants, Séraphine supposait qu'elle avait ressenti pour elle un sentiment maternel. D'ailleurs Gemma s'inquiétait pour sa pudeur, elle lui avait recommandé maintes fois de ne jamais rester seule avec son patron et de s'enfermer la nuit.

— Mais elle s'inquiétait pour rien, conclut Séraphine. Jamais monsieur n'a tenté de me séduire.

— De vous séduire, non, dit le procureur, mais peut-être n'était-ce pas ce genre de danger qu'elle craignait pour vous.

— Supposition ! clama l'avocat.

— Vous a-t-elle révélé comment elle finançait ces libéralités ? demanda le président.

— Non, monsieur le président, répondit Séraphine.

Quand on la pria d'identifier la bague de mariage et le doigt à la cicatrice dans son bocal de formol, elle se mit à pleurer dans le mouchoir de batiste offert par la victime.

Le gardien la remplaça à la barre. Il expliqua qu'il était employé comme homme à tout faire pour l'entretien courant, tandis que son épouse assurait des tâches ménagères chez le prévenu. On voyait sa moustache trembler chaque fois qu'il mentionnait ce dernier. Il décrivit Mme van Jenns comme une excellente cuisinière, très soignée de sa personne et qui s'entourait d'objets de prix.

— Diriez-vous que la valeur de ces objets était au-dessus des émoluments qu'elle recevait ? demanda le président.

— Et comment ! Je pense même qu'ils auraient été au-dessus de ses moyens si elle avait été l'épouse du patron !

C'était au demeurant une très brave femme. Elle distribuait les billets de cent comme si elle les pêchait au fond de ses marmites. Elle disait avoir déniché la poule aux œufs d'or.

— La poule aux œufs d'or, vraiment ? demanda le président. Sont-ce là ses propres mots ?

Le gardien se souvenait fort bien qu'elle avait employé cette expression, car il avait répondu : « Veillez à ne pas la passer à la casserole, votre poule magique ! »

— Il semble que ce soit plutôt la poule qui ait passé la cuisinière au four, fit observer le procureur.

L'audience éclata de rire, le président dut réclamer le calme en dépit de l'hilarité qui le guettait lui aussi.

21

Qu'est-il arrivé à Cendrillon ?

Le jour suivant, une horlogère vint certifier devant le tribunal qu'elle avait vendu à Mme van Jenns la fameuse montre en or. Le reçu de la transaction avait été découvert dans la commode de la disparue. Puis une couturière des beaux quartiers vint témoigner d'avoir coupé trois robes pour Mme van Jenns sur des modèles de chez Worth. Les robes furent exposées comme au musée. C'était les reliques de Cendrillon. La couturière expliqua que le tissu coûtait à lui seul une fortune : l'une était en soie de Chine, l'autre en taffetas de Florence, et la troisième était brodée de minuscules perles qu'il fallait coudre une à une. Elle avait fait la même pour la Mme la duchesse de Noailles.

Le juge d'instruction s'était livré à un calcul. Chacun de ces vêtements valait peu ou prou un an du salaire que percevait la cuisinière. Elle avait donc dépensé trois années d'émoluments en fanfreluches !

— Elle était logée et nourrie ! dit l'avocat de la défense. Elle pouvait bien utiliser ses économies comme elle l'entendait ! Nous sommes dans un pays libre !

Le procureur se contenta de ricaner. La défense pouvait-elle expliquer d'où venait cet argent ? La défense ne le pouvait pas.

— Peut-être avait-elle un admirateur secret ? hasarda l'avocat.

— Maître, dit le procureur, nous ne sommes pas en train d'évoquer la disparition de Liane de Pougy ou de la Belle Otero. Cette cuisinière n'était pas ce qu'on appelle une « grande horizontale ».

— Sans aller jusqu'aux activités scabreuses, on peut imaginer que son défunt mari lui avait laissé de la fortune...

— Et elle continuait de cuisiner pour ses patrons ? Dans ses robes de chez Worth ?

— Peut-être mon client nourrissait-il des projets maritaux à son égard... suggéra l'avocat en désespoir de cause.

L'argument aurait porté davantage si son client n'avait pas levé les yeux au ciel ni grogné qu'on lui prêtait des amours ancillaires indignes de lui.

Un agent de la compagnie des Transports de l'Atlantique Sud vint évoquer le billet de bateau pour l'Argentine acquis au nom de Mme van Jenns la veille de sa disparition et jamais utilisé. Il s'agissait d'une cabine de première classe. Encore un achat dispendieux.

— Cela prouve bien que cette dame avait prévu de disparaître ! dit l'avocat de la défense.

Mais elle n'avait jamais utilisé ce coûteux billet, elle ne s'était même jamais souciée de le revendre ou de l'échanger. Le paquebot était parti sans elle. Là encore, on pouvait traduire le prix du billet en mois d'un salaire de cuisinière : cela faisait de nouveau une année de travail de dépensée. Le procureur rappela par ailleurs que Mme van Jenns n'avait annoncé à aucun de ses collègues son intention de s'expatrier.

Quand l'accusé fut sommé de révéler quel moyen de pression sa cuisinière avait eu sur lui pour lui arracher ces sommes, il nia tout chantage.

— Ma vie est transparente !

Si transparente qu'elle existait à peine. Nul ne savait quels investissements lui permettaient de mener grand train et de remplir son compte en banque.

— On n'a rien à me reprocher, dit l'accusé.

Son avocat embraya sur ce thème.

— On ne peut reprocher à un homme de jouir paisiblement de son bien ! Ce n'est pas une marque de malhonnêteté ! Au contraire !

Tout comme ses revenus, M. Gaillard de Laroche semblait être apparu sur terre juste avant les faits. Il avait dit venir de Toulouse, mais là-bas nul ne le connaissait. Ni la police, ni la mairie, ni les écoles ne possédaient le moindre document à son nom. Il ne figurait sur aucun état civil. Une famille de ce patronyme existait bien, mais elle était éteinte depuis un demi-siècle. Ce procès était hanté par d'insaisissables fantômes.

Le président demanda à la défense si elle comptait produire des témoins qui puissent éclairer la cour sur la personnalité et les antécédents du prévenu. On n'en avait pas trouvé, cet homme n'avait ni parents ni amis. C'était Robinson Crusoé sur son île déserte qu'on accusait d'avoir passé Vendredi au four.

— Vous n'allez pas me dire que votre client est un petit lutin échappé de la forêt de Brocéliande? railla le procureur.

— Être solitaire et discret n'est pas un crime, que je sache! rétorqua l'avocat. Je suis sûr que vous-même, s'il vous arrivait de finir sur le banc des accusés, vous manqueriez d'amis désireux de venir témoigner pour vous.

— Peut-être, maître, mais au moins je pourrais citer des noms.

L'accusation, en revanche, organisa un défilé de témoins pour accabler le prévenu. L'instruction avait permis d'identifier quelques bonnes amies payées à la demi-heure qui s'épanchèrent sur ses crises de violence et sur sa radinerie. Le fait de fréquenter des prostituées n'était pas un gage de moralité.

— Allons, messieurs! fit l'avocat. Si l'on devait jeter la pierre à tous ceux qui font appel aux services de ces dames, qui d'entre nous serait à l'abri?

L'argument déplut fortement aux messieurs présents, à ceux qui menaient une vie irréprochable, et aux autres encore plus.

Le président pria l'accusé de livrer sa version des faits à partir de la matinée du 13. Gaillard de Laroche raconta qu'il était passé à sa banque prélever du liquide en prévision d'un voyage qu'il comptait faire.

— Pour préparer votre fuite ou pour payer votre maître chanteur? lui demanda le procureur. Je vous rappelle que, lorsque vous avez tenté de vous échapper, vous emportiez un sac bourré de grosses coupures... comme celles dont votre cuisinière s'était servie pour inviter les autres domestiques à dîner, ou comme celles qu'elle avait prêtées au gardien juste avant de disparaître !

L'accusé haussa les épaules. L'après-midi, il avait couru les grands magasins pour s'acheter du linge de flanelle. Comme le procureur faisait remarquer qu'on n'avait rien retrouvé de ces achats, le prévenu rétorqua qu'ils n'avaient sûrement pas été perdus pour tout le monde, vu le nombre de gens qui avaient envahi sa maison le lendemain.

Le soir venu, il était rentré chez lui en taxi. Il n'y avait personne au rez-de-chaussée et il avait sonné en vain sa femme de chambre. Il était monté à l'étage et, ayant entendu un bruit, il était passé dans son bureau prendre une arme qu'il gardait dans un tiroir de son secrétaire. Sa chambre était éclairée par des bougies disposées sous des photographies.

— Que montraient ces photos ? demanda le président.

La question parut gêner le prévenu, qui hésita.

— Je ne m'en souviens pas bien. Je crois que c'était des portraits de femmes. On n'y voyait guère.

— Les policiers qui sont venus le matin suivant n'ont rien vu de ce que vous nous décrivez.

— Il faut croire que les personnes à l'origine de cette installation avaient tout retiré.

— Oui, certainement, des déménageurs nocturnes... Et que faisiez-vous pendant ce temps ?

— Je dormais.

— Vous voulez dire que vous vous êtes couché dans ce théâtre grandguignolesque?

— Je ne me souviens de rien. Il est possible que j'aie été épouvanté au point de perdre connaissance. J'ai beau retourner ces souvenirs dans ma mémoire, c'est la seule explication qui me vient à l'esprit.

Au matin, il s'était réveillé étendu au travers de son lit, tout habillé. On sonnait à la porte et personne ne répondait. Quand il avait vu la police, il avait cru qu'elle venait à propos des événements de la veille, qu'on avait arrêté le plaisantin qui s'était permis cette mise en scène macabre. Aussi avait-il laissé entrer ces messieurs sans se méfier. Et depuis lors, l'univers était devenu fou, la terre tournait à l'envers.

— Que pouvez-vous nous dire de vos relations avec votre cuisinière?

— Mme van Jenns se montrait toujours parfaitement polie et aimable, mais c'était de toute évidence une femme d'un milieu supérieur, qui avait eu l'habitude d'être servie.

— Mme van Jenns était cuisinière sur des navires commerciaux, dit le président. Ne croyez-vous pas plutôt que son assurance venait de secrets qu'elle connaissait à votre sujet?

— Aucun secret n'a jamais été évoqué entre nous. À mon avis, elle avait perdu le sens commun.

Les gestes et la voix du procureur trahissaient son impatience.

— Allons! Dites-nous donc quel était le propos du chantage, qu'on en finisse!

L'accusé s'obstina à répéter que l'on se fourvoyait. Il n'y avait pas eu de chantage et il n'avait jamais remis à cette femme davantage que ses émoluments.

— Nierez-vous aussi que votre cuisinière a fini découpée dans votre cave, à l'aide de votre hachette, et brûlée dans votre chaudière ? lui lança le procureur.

— Je n'en sais rien. Si ça lui est arrivé, ce n'est pas de mon fait.

Le lendemain matin fut consacré au réquisitoire. Le procureur retraça les circonstances de l'affaire telles qu'il les voyait : une domestique faisait chanter son patron, ce dernier éloignait les autres employés, de nombreux signes prouvaient qu'il avait découpé sa victime à la hachette, fait brûler son corps et jeté les cendres dans une poubelle qu'il aurait vidée plus tard. Après des heures de ce travail pénible et harassant, il s'était endormi tout habillé jusqu'à l'arrivée des forces de l'ordre, alertées par une voisine. Pierre Gaillard de Laroche, qui ne niait pas avoir passé sur place la nuit du crime, demandait à la cour de croire qu'il dormait paisiblement dans son lit tandis que quelqu'un assassinait, découpait et incinérait sa cuisinière en bas de l'escalier ! Il avait tué cette pauvre femme dans sa chaufferie, probablement à l'aide de l'arme qu'il avait utilisée pour découper le corps, ce tranchoir sur lequel étaient collés des cheveux de la malheureuse, sur ce sol où des traces de sang avaient été relevées. Après avoir perpétré ces abominations, il s'était nettoyé dans la cuvette sanglante. Mais, trop confiant en lui, comme le sont généralement les assassins, il avait laissé derrière lui des indices de son forfait, nombreux et accablants.

— Nous savons, par un fragment de papier retrouvé dans son sous-main, qu'il avait remis à sa cuisinière la somme extravagante de 8500 francs et que cette dernière dépensait sans compter. Alors je vous pose la question : qu'est-ce que Mme van Jenns avait appris au sujet de son patron? La réponse à cette question expliquerait aisément le chantage et le crime qui l'a conclu !

L'inculpé fit « non » de la tête avec mépris. Le procureur laissa le silence retomber sur la salle avant de donner l'estocade. L'heure était venue de réclamer cette tête.

— Pour ce crime prémédité, commis de sang froid, suivi d'actes barbares, et que les mensonges de l'accusé continuent d'entourer de mystère, je vous demande le châtiment suprême prévu par la loi : la mort !

L'avocat de la défense prit la parole après le déjeuner. Pour appuyer sa plaidoirie, il énuméra les zones d'ombre de l'instruction. Qui avait appelé le commissariat pour dénoncer une odeur de brûlé somme toute légère? Toute personne sensée devait considérer cette affaire comme un puzzle dont les pièces principales manquaient. Il défendit la thèse imaginée par son client : le restaurateur Léon Forgeay avait brûlé Mme van Jenns dans la chaudière du sous-sol et s'était enfui en Argentine avec les économies de sa victime, qui pouvait fort bien avoir gagné cette somme à quelque jeu de hasard.

— J'ai supplié mon client d'avouer ! D'avouer pour sauver sa tête ! Savez-vous ce qu'il m'a répondu ? Qu'il n'avouerait jamais un crime qu'il n'avait pas commis ! Regardez la figure de l'homme qui, le cou sur le billot, clame encore son innocence ! De l'homme qui aimera mieux périr que se parjurer ! Plutôt la déchéance que le mensonge ! Plutôt le trépas que le déshonneur ! Voici le visage de l'honnêteté, messieurs les jurés !

Le visage de l'honnêteté faisait la moue. On n'y lisait que deux sentiments depuis l'ouverture des débats : du dédain pour ceux qui prétendaient le juger, et l'ennui de se trouver coincé au milieu des imbéciles. Avec son regard fixe et sa colère rentrée, l'innocent avait une belle expression de fou sanguinaire pris au piège.

— Si l'origine des revenus de M. Gaillard de Laroche n'a pas été établie avec exactitude, reprit l'avocat, n'est-ce pas simplement parce que ses trafics touchaient au plus près de notre élite politique ?

Ravis de ce parfum de scandale, les journalistes imaginèrent les gros titres de l'édition du soir. : « Un assassinat sur commande ? Le gouvernement compromis ! La vérité étouffée d'un coup de lame ! » Si le défenseur échouait à épargner la guillotine à son client, au moins instillerait-il dans l'opinion l'idée que ce dernier avait été sacrifié pour d'obscurs motifs d'État sur fond de corruption. À défaut de sauver l'accusé, il sauverait sa propre réputation : nul ne lui reprocherait d'avoir été vaincu par une de ces scandaleuses cabales qui indignaient régulièrement les Français.

Le président lut aux jurés l'article de la procédure pénale qui concernait les délibérations : « La loi ne demande pas compte aux juges des moyens par lesquels ils se sont convaincus. Elle leur prescrit de chercher quelle impression leur ont fait les preuves rapportées contre l'accusé et les moyens de sa défense. La loi ne leur fait que cette seule question : "Avez-vous une intime conviction ?" »

La cour se retira pour délibérer, le public pour se désaltérer et les journalistes pour imprimer.

22

Flagrants délires au tribunal

Lorsque la cour revint dans la salle, deux heures après l'avoir quittée, le président posa de nouveau aux jurés la question sur laquelle ils avaient délibéré : l'accusé, M. Pierre Gaillard de Laroche, était-il coupable d'avoir tué Mme Gemma van Jenns dans la nuit du 13 au 14 octobre 1905, l'avait-il démembrée et avait-il brûlé son corps dans la chaudière de son pavillon de Neuilly-sur-Seine ?

La réponse étant « oui » sur tous les points, le président énonça le verdict.

— Pierre Gaillard de Laroche, la cour vous déclare coupable de meurtre avec préméditation.

« Coupable » n'était pas un vain mot. Depuis 1792, la justice française disposait d'une machine très efficace pour démontrer la culpabilité des condamnés au sens propre : aucun cou ne lui avait jamais résisté. On commençait coupable et on finissait coupé.

— La cour vous condamne par conséquent à subir la peine capitale dans les conditions prévues par la loi.

Tous les regards se tournèrent vers le box où se tenait l'homme qui allait être guillotiné. Chacun dans l'assistance se demandait quelles pensées s'agitaient derrière ces traits crispés. Nul n'aurait pu deviner qu'à ce moment, l'assassin songeait à ces erreurs judiciaires sur lesquelles les juges revenaient d'autant moins volontiers que le condamné n'était bientôt plus en état de réclamer. Il voyait déjà l'ombre de la guillotine se dessiner dans les fenêtres rectangulaires de la salle d'audience, dans les panneaux de bois qui tapissaient les murs, et jusque dans le chapeau anguleux du magistrat en rouge qui venait de décréter sa mort.

— Vous retournerez en prison jusqu'à l'application de la sentence, conclut le président. Votre défenseur vous fera connaître les derniers recours à votre disposition.

Les « recours », c'était une grâce présidentielle qu'Émile Loubet n'avait pas coutume d'accorder aux auteurs de crimes odieux qui ont déchaîné la colère de concitoyens avides d'obtenir leur livre de chair palpitante. Le seul assassin qu'il avait gracié était un demeuré rescapé d'une enfance désastreuse. Or Gaillard de Laroche ne pouvait guère passer pour un attardé mental et nul ne savait rien de son passé.

Le condamné se pencha vers son défenseur.

— Mon client a une importante révélation à faire ! clama ce dernier.

Gaillard de Laroche se leva pour parler.

— Je reconnais que Mme van Jenns avait prise sur moi. J'accepte de révéler le motif du chantage. Elle avait appris que je faisais commerce de faux tableaux.

Le président hocha la tête.

— Je dois vous prévenir que cette information tardive ne changera rien au verdict.

— Je peux donner les noms des acheteurs des œuvres que j'ai vendues, ajouta le condamné. J'accuse Léon Forgeay de m'avoir dérobé plusieurs toiles précieuses après avoir supprimé sa complice, qui lui avait révélé mon secret !

Le président n'était pas emballé par ce prolongement inattendu de la séance.

— Aider la justice à y voir plus clair est une préoccupation louable, mais la cour vous demande de réserver vos révélations à votre défenseur ou à l'aumônier de la prison. En ce qui nous concerne, les débats sont clos.

Pour la première fois depuis le début de son procès, Gaillard de Laroche parut perdre pied. Il n'était pas habitué à voir ses plans échouer. Il roulait de tout côté des yeux exorbités. Son avocat posa une main sur son bras.

— Soyez fort, cher ami. Nous avons perdu. C'est trop tard et trop peu. Je vous avais maintes fois conseillé de changer de stra...

— Je ne suis pas Gaillard de Laroche ! s'écria le condamné. Mon nom est Rauconnière ! Yves Rauconnière !

Cette fois le public fut abasourdi. La cour crut à une manœuvre dilatoire désespérée. Le procureur leva les mains au ciel.

— Une fausse identité ! Nous aurons tout vu ! Que ce soit vrai ou faux, vous faites injure à la justice de votre pays !

— Nous diligenterons les recherches appropriées, dit le président, mais, une nouvelle fois, sachez que vos allégations ne sauraient remettre en cause le verdict qui vient d'être prononcé.

— Je suis recherché pour plusieurs assassinats ! renchérit Rauconnière.

En proie à la stupéfaction, le public commençait à se dire que le condamné délirait. Mais un journaliste habitué des prétoires leva la main. Il se souvenait du cas Rauconnière, ce malade mental échappé d'une institution, qui avait tué trois hommes dans une clinique de la région parisienne.

— Mon journal a publié une série d'articles à son sujet, c'est moi qui ai couvert son histoire. La police parlait d'un dangereux maniaque récidiviste.

— Le tueur à la cravate ! s'exclama quelqu'un.

On se souvenait soudain d'avoir suivi en feuilleton le parcours de ce monstre dont la cruauté cynique avait scandalisé l'opinion pendant au moins trois jours.

— J'ai tué Jacinthe Bourdoni, une fripière de Ménilmontant, j'ai tué Loissery et Cochodon, qui étaient mes patients à la clinique Legrand, et aussi un policier qui conduisait un fourgon, et aussi Rosaline Perdrion, une infirmière. Je l'ai fait sciemment, en toute connaissance de cause, d'une volonté délibérée !

— C'est bien, ça va aider à sauver votre tête, ça, dit son défenseur avec lassitude.

— La seule que je n'aie pas tuée, c'est Gemma van Jenns ! reprit son client. Mais je suppose que ce détail n'a plus d'importance, maintenant.

Le président conféra quelques instants avec ses assesseurs dans un envol de tissu rouge et noir. À eux trois, ils avaient une assez bonne mémoire du cas Rauconnière. Quand ils furent tombés d'accord, le président donna quelques coups de marteau pour rétablir le silence dans la salle.

— Si votre identité venait à être établie, cela changerait bien des choses. Je crois me souvenir qu'Yves Rauconnière avait été considéré irresponsable au moment de ses premiers crimes. Une nouvelle instruction et de nouvelles expertises vont être nécessaires, ce qui mènera à un second procès après que le jugement d'aujourd'hui aura été cassé.

Dans un bel ensemble, les journalistes déchirèrent leurs notes et inscrivirent en haut d'une page blanche le nouveau titre de l'édition spéciale : « Un tueur fou se dénonce lui-même en plein tribunal ! »

Le défenseur était le plus incrédule de tous.

— C'est un non-lieu ! J'ai gagné mon procès ! J'avais bien dit que je sauverais sa tête !

— C'est l'avantage de défendre des monstres imprévisibles, maître, dit un huissier.

Ayant été reconnu une première fois dément par les institutions médicales, Rauconnière avait peu de chances d'être déclaré guéri après la révélation de ses nouveaux meurtres. Si une bataille d'experts survenait, on la terminerait en envoyant le sujet d'étude croupir derrière des murs capitonnés jusqu'à ce que le diable l'emporte.

Ainsi que son pire ennemi l'avait prédit, Rauconnière avait fini par se dénoncer lui-même. Le vieil huissier boiteux ouvrit une porte latérale pour que les policiers reconduisent le condamné à sa cellule. Au lieu de la plaque qui était l'emblème de son office, Rauconnière aperçut sur la poitrine de cet homme voûté un médaillon qu'il avait déjà vu ailleurs. Il demeura pensif tandis que l'huissier s'éloignait en boitillant. Tout à coup, il pointa l'index dans sa direction.

— Il est là ! C'est lui ! C'est lui qui a tout fait !

Le président, qui était sur le point de s'en aller, se tourna vers lui.

— Qui donc ? demanda-t-il. Qui a tout fait ?

— Arsène Lupin ! clama Rauconnière.

On ne voyait personne qui ressemblât de près ou de loin à l'idée qu'on se faisait d'Arsène Lupin. Les témoins de l'esclandre échangèrent des regards accablés : le fou était en crise, il voyait Lupin partout.

— Démence caractérisée, regretta le procureur en hochant la tête.

Le meilleur avocat général du monde était impuissant contre un accusé atteint de troubles mentaux. Ce dément avait abattu une carte maîtresse : il était irresponsable.

— Tout ce qu'on peut faire, c'est doubler le nombre de verrous sur sa porte, dit l'un des assesseurs.

Dans la galerie du Palais, Lucien Dantry, tout sourire, répondait aux questions des journalistes. Il expliquait comment, grâce à un flair remarquable, un simple détective privé avait mis la main sur l'étrangleur, à la barbe de la police officielle. Nul doute que la Sûreté le réintégrerait pour éviter le scandale, quoi qu'en pense l'inspecteur Ganimard.

Le vieil huissier boiteux croisa un reporter qui accourait du bistrot d'en face.

— Ils ont rendu le verdict ? L'accusé a sauvé sa tête ?

— Non, répondit l'huissier. Il l'a perdue. Complètement perdue.

Une fois sur le perron à colonnes, l'huissier ouvrit le médaillon, contempla le portrait miniature de Rosaline peint par l'oncle Symphorien et y déposa un baiser.

— Pour toi, mon amour. Repose en paix.

Il referma le médaillon et s'en fut clopin-clopant vers de nouvelles aventures.

Photocomposition Belle Page

Achevé d'imprimer en février 2021
par CPI BUSSIÈRE (18200 Saint-Amand-Montrond)
pour le compte des Éditions Calmann-Lévy
21, rue du Montparnasse, 75006 Paris

N° d'éditeur : 7805584/02
N° d'imprimeur : 2056379
Dépôt légal : janvier 2021
Imprimé en France.